TOM SWIFT AND HIS MOTOR-CYCLE

汤姆·斯威夫特和他的摩托车

【美】维克多·阿普尔顿　著
蔡雯婷　译
王一竹　绘

山東文藝出版社

目录

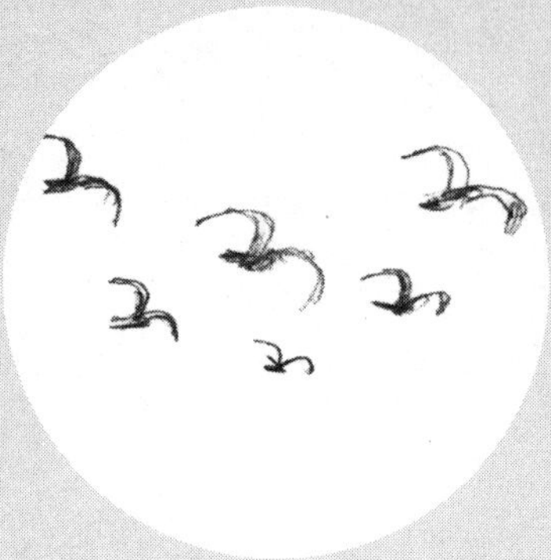

虎口脱险

“就这么开！让车子飞起来，安迪！把点火杆推下去，开足马力，这回我们要创纪录了！”

一辆敞篷车在乡间大道上飞驰，后排坐着两个小伙子，身子前倾，朝手握方向盘的驾驶员大声叫喊着。驾车的是一个红发少年，斜着眼睛，看上去不怎么高兴。他的同伴却显得十分快乐，或许是因为他们坐在属于他的车子上。

“让车子飞起来吧，安迪！”后座上的一个小伙子继续说道，“这真是太棒了！

“等着吧！”安迪·福格一边说，一边飞快地转了个弯，绕过了横在路上的一块石头，“我要到肖普顿一号大街上去把车子开得嗡嗡响。”

“你已经把车子开得嗡嗡响了，安迪，我的耳朵都要聋了！噢，我的帽子！”坐在安迪身旁的少年叫喊道。

车速快得惊人，迎面而来的强风刮飞了少年的帽子。安迪回头瞥了一眼，反而更用力地踩着油门说：“不要了，山姆，咱们再去买一顶。我想看看自己开到曼斯堡究竟要多长时间，能破纪录就好了！”

“小心点儿，不然会出事的！”坐在后座的另一个小伙子叫道，“前面还有人在骑自行车呢！当心，安迪！”

“让他自己当心去吧！”车速实在太快，安迪压低身子握紧方向盘。前面有个少年慢悠悠地骑着自行车，根本没注意到身后有辆车正疾驰而来。安迪不怀好意地笑了笑，接着连按了好几下喇叭。

“那是汤姆·斯威夫特！”坐在安迪身旁的那个少年，山姆·斯奈德克喊道。

“小心，要撞上他了！”

“他自己会闪开的。”安迪狂躁地说。

安迪驾着车在大道上飞驰，压根儿没打算减速。然而，一种突如其来的恐惧让他蓦地熄掉引擎并猛踩刹车，同时将车子转向马路的另一侧。由于先前车速太快，车子在巨大的惯性作用下，一直滑进路边的沟里，才歪着车身停了下来。

汤姆死里逃生，脸色一下子变得惨白。他从自行车上跳下来，朝那辆差点儿撞上自己的车望去。那辆车的车主安迪和他的三个朋友也都吓得目瞪口呆。

“我们……这车没撞坏吧，安迪？”山姆问道。

“但愿没有。要是哪里坏了，就是他汤姆·斯威夫特的错！”安迪怒气冲冲地说。紧接着他从座位上跳起来，飞快地检查了一遍车身。车子基本完好无损，但这主要归结于运气而非车技。安迪转过身去，气呼呼地瞪着汤姆。汤姆把自行车推到栅栏旁，径直向前走来。

安迪皱着眉头问：“你刚才挡着我的路是什么意思？知不知道你惹得我很不高兴？”

汤姆大声说道：“哟，你这脸皮可真够厚的！安迪·福格，我才应该问问，你差点儿就撞上我是什么意思！你怎么不早点儿按喇叭？自以为车开得好就了不起了是吧？说起来，你开车超速了吧！”

“噢，是吗？”安迪显得十分不屑。

“没错，你心里应该很清楚吧！还好意思说你不高兴？我才不高兴呢，差一点儿就被你撞上了！什么叫我挡着你的路？这路是你家的？我想我也有权在这路上骑车吧？”

“哼，继续啊！继续去骑你那过时的自行车吧！”安迪怒吼道。除此之外，他实在想不到自己还能说什么。

“过时？前些日子你不也有一辆吗？你们这帮超速驾驶

者，等着蹲监狱吧！”汤姆反击道。

“我想，我们是应该开慢点儿的。”山姆小声说，“安迪，我可不想被抓到监狱里去。”

“这事我来处理！”安迪不高兴地说，“下一次，你再挡在路上，我就直接开过去把你撞倒！好了，快走吧，伙伴们！就因为他，咱们的纪录也破不了了！”安迪钻进车里，他的朋友们也相继上了车。

“再这么开车，你肯定会后悔的！”汤姆看着正要绝尘而去的敞篷车喊道。

“噢，行了吧！”安迪打断了他的话，笑起来，他的朋友们也跟着笑起来。

汤姆不再说什么，他慢条斯理地跨上自行车，慢慢悠悠地骑了起来。安迪·福格是他们镇上有钱人家的孩子，优裕的生活让他成了凌弱的恶霸，同时也是恃强的懦夫。汤姆已经跟专横跋扈的安迪有过好几次冲突了，不过这一次，是安迪表现得最恶劣的一次。

“自打开上那辆新车，他就以为全世界都该为他让路！”汤姆一边骑车，一边大声嚷道，“他太追求速度了，这样下去肯定会出事的！不知道他和那帮人准备上哪儿去……”想着想着，汤姆已经快要骑到家了。在离家不远的地方，确切地说，在父亲做实验和生产仪器配件的工厂附近，汤姆见到了他父亲。

“怎么了，汤姆？你看上去好像遇上了什么事。”大发明家斯威夫特先生问道。

“差点儿就出事了！”汤姆把自己在路上遇到的事情说了一遍。

斯威夫特先生听后，大惊失色地说：“噢，想不到这么短的路途上也差点儿出大事！安迪那帮人应该是去旅行的，前几天我听福格先生说，安迪要和几个朋友一块儿出去旅行，大概要去一两个星期。还好，总算是有惊无险。你现在有什么事情要做吗，汤姆？”

“没有，我就是骑着车随便逛逛，有什么事需要我做的，我现在就可以去做。”

“我想让你帮我把这封信送到曼斯堡去。我要寄挂号信，但是不想在肖普顿邮局寄这封信。这是一封非常重要的信，与一项很有价值的发明有关。”

“新型的涡轮发动机吗，爸爸？”

“是的。你顺路去莫顿的厂里把我定做的螺栓取回来。”

“好的，是这封信吗？”汤姆伸手去接他父亲手里拿着的一封信。

“对，一定要当心点儿。这封信是寄给我在华盛顿的律师的，是申请涡轮发动机专利的最后一步，所以我不想从这里的邮局寄出这封信。以前好几次从这里寄出去的信，在律师收到前，信里的内容就已经泄漏了，希望这次不会再发生这样的事情。还有，你到莫顿的厂里去取螺栓时，千万别提起我的新发明。”

“为什么？你觉得是他在泄漏消息吗？”

“倒也不是，只是他前些天跟我说，有人到厂里去打听他有没有从我这里接活。”

“他怎么说？”

“他说偶尔会接到一些，但主要配件还是我自己生产的。他问那人为什么来打听这些事，那人说想开个配件厂，看能不能从我这里接点儿活。我不相信这是他真正的目的。”

“那你认为他的目的是什么？”

“我不知道，但这件事给我敲响了警钟。我必须非常谨慎，绝不能冒一点儿风险，所以要让你到曼斯堡去寄这封信。你把信保管好，千万别丢了，也别忘了取回螺栓。这是螺栓设计图，取货时你记得比对一下产品规格。”

汤姆领命而去，他骑着车，很快又来到了大路上。

“不知道我还会不会遇上安迪那伙人。”他想，“应该不会了吧，他们出去旅行，肯定已经走远了。太好了，我可不想

看见他，看见他准没好事！”汤姆骑着车一路前行，心里思量着父亲跟他说的关于那封信的事情。

他的父亲巴顿·斯威夫特是个天生的发明家，很小的时候，巴顿·斯威夫特就对机械类的东西很感兴趣。那时候他试着把滑轮、皮带、齿轮等配件组装到一起，让风车带动的器械可以在他出生的那幢小屋里搅拌黄油。可是风车转得太快，装黄油的木桶都被搅成了碎片。面对挫折，巴顿·斯威夫特并没有打退堂鼓，等爸爸买回一个新桶之后，他又鼓捣起来。第二次他成功了，妈妈发现，有了儿子的这个新发明，做黄油变得十分简单轻松。

从那以后，巴顿·斯威夫特开始走进发明的世界。人们以为他只是瞎胡闹，肯定做不成什么大事，他却让大家惊讶地看到，他发明的东西所获得的数不清的专利不仅让他声名远扬，而且还为他带来了极为可观的财富。长大后，他结了婚，有了一个儿子，也就是我们的主人公，小发明家汤姆。很不幸的是，斯威夫特太太在汤姆三岁的时候就去世了，后来斯威夫特先生就带着汤姆与一批又一批的管家和保姆生活在一起。现在的管家是伯格特夫人，她不仅工作做得很好，而去还是个非常慈爱的寡妇，汤姆和他的父亲非常信赖她。

如今，汤姆和他的父亲斯威夫特先生住在肖普顿郊外一幢非常美丽的房子里。在他们的住处附近，有个很大的湖，叫卡罗帕湖，汤姆和父亲经常在湖上泛舟钓鱼。他们父子俩关系很好，就像一对亲密无间的好朋友。当然汤姆也有一些同龄朋友，但他跟爸爸一起度过的时光要多得多。

斯威夫特先生的发明已经为他赚了不少钱，但他仍在不断努力着，希望自己发明出更多、更棒的东西。为此他在家附近建了一些小工厂，里面有各种仪器和车床，可以制作很多东西。像父亲一样，汤姆似乎也是一个与生俱来的发明家，对发明充满热情，也设计了一些非常有用的小配件和小仪器。

芳菲四月，天气晴朗，汤姆在美丽的乡间大道上骑行，前往曼斯堡去寄挂号信。在一座小山丘的下坡路上，他看到远处扬起很多尘土。

“肯定有人在赶牛羊，希望他们别挡了我的路，我也别挡着他们的路。我最好靠边一点儿，这路实在是太窄了。”汤姆想。

尘土越来越近，浓得让周围的一切都显得模糊不清。

“这群牛羊的数量可真不少啊！只是天气挺暖和的，没理由赶得这么急啊……说不定牛羊受惊了，在乱窜，我可得小心点儿！”我们的小发明家汤姆喃喃道。这样一想，他不禁警惕起来。

他瞪大眼睛想瞧个清楚，却根本看不清尘土那头究竟是怎么回事。烟尘滚滚而来，汤姆小心翼翼地尽量靠路边骑行。这时，他听到路中间传来“轰轰”的声音。

“摩托车！”汤姆惊叫道，“他肯定把消声器开到了最大挡，喷起的尘土就跟轮胎卷起的一样多。哟，车上这家伙简直跟泥人似的！”

知道了尘土是怎么产生的，汤姆往路中间靠了靠。他还是看不清骑车的人，只能听到越来越响的轰轰声。突然，一阵浓密的烟尘向他袭来，差点儿让他打起喷嚏。这时，他看到了骑车者——一个身子前倾的中年男子。

摩托车全速前行，汤姆再次靠向路边，避开极为浓厚的烟尘。骑摩托车的人瞥了一眼汤姆，这一瞥差点儿酿成了一场事故——那人暂时将目光从前方移开，恰好没有看到横在路上的一块大石头。摩托车的前轮重重地撞在了大石头上，车身没稳住，朝着骑自行车的汤姆那边冲去。摩托车车手被撞得身体弹了起来，一时失去了对车头的控制。

“小心！”汤姆喊道，“你要撞上我了！”

“我……正试着……不要……”中年男子喊道。

汤姆使劲扭转车头，希望躲过一劫。摩托车车手也猛力掉转方向，但摩托车似乎已经失控，仍直直地朝汤姆撞去。就在摩托车即将撞上汤姆的一刹那，车子又撞上了一块石头，车身向另一边偏去。摩托车从汤姆身旁飞驰而过，很快就在浓浓的尘土中了无踪影。

“上路前怎么不先学学骑车！”汤姆气急败坏地喊道。

仿佛是从尘土里传来一阵回声：“我尽力了！”轰隆声也渐渐弱了下来。

“唉，他要学的还多着呢！这已经是我今天第二次死里逃生了，常言道，‘祸不单行’，我看我还得当心着点儿。不知道他有没有把我的车子辐条撞弯……”汤姆一边说一边跳下车，检查起自己的车子来。

疑点重重

汤姆感叹道："这次可真是有惊无险啊！他要是再往前一丁点儿，肯定就撞上我了。那人到底是谁？他那辆摩托车可真不错！我要是也有那么一辆就好了！我肯定会骑得很好，比骑这辆自行车还要骑得好。说不定哪天，我真会有那么一辆的。好啦，现在我还是赶紧骑车赶路吧！"

不一会儿，汤姆就到了曼斯堡。他走进邮局，来到挂号信柜台前办理邮寄手续。想起爸爸的话，他环顾四周，察看周围是否有可疑的人。他只注意到一位嘴上蓄着黑色小胡子的男士，那人穿得十分体面，似乎正在仔细研究邮件收发时刻表。

邮局职员问汤姆："挂号信收据你想寄到哪里，这儿还是肖普顿？当然了，收据肯定是寄到这儿来的，不过你需要的话，我可以帮你从候领处转给巴顿·斯威夫特先生，你也可以

下次再来拿。”显然，这名职员是认识汤姆的。

“我下次再来拿吧！”汤姆答道。他扭过头，看到那位研究邮件收发时刻表的男士正好奇地望着自己。当时汤姆并未觉得事情有何异常，他只是想，刚才真应该多留意一下这个人。走出大门，他看到那个人也走到了邮寄挂号信的柜台前。

“他肯定有非常重要的邮寄业务要办。”汤姆边想边跨上自行车，急匆匆地骑着车赶往那家机械配件厂。

听汤姆说是来取螺栓的，莫顿先生连忙道：“实在是太抱歉了，螺栓还没有完工！其实已经差不多了，只是还没有抛光。我答应你父亲今天交货——他是个注重细节的人，对打磨抛光有着极高的要求，然而不巧的是，我的一位得力助手今天请了病假，所以有点儿延误了。”

“抛光需要多长时间？”汤姆问道。

“大概一个小时。已经有人在做了，下午肯定能完成。要是方便的话，能请你下午再来一趟吗？”

“恐怕不行，如果我留在曼斯堡吃午饭，就来不及赶回肖普顿了。”汤姆和气地解释道。

莫顿先生承诺说：“你吃完午饭回来，我们就会把货备好的。对了，汤姆，跟你打听点事，你爸爸是不是想把给我们的活转交给其他工厂？”

“没听他这么说啊！你怎么会这么问？”汤姆不解地问。

“是这样的，前些日子有人到我们这儿来探听你父亲给我们的业务，当时我也跟斯威夫特先生说起过这事。那人说，他打算跟几个人一起开机械厂，想看看能不能从你父亲那里揽到点儿活。我怕失去你父亲这单生意，所以这事我一直留心着，却没再听到什么消息。奇怪的是，今天早上那人又来了，主要打听的就是你父亲机械厂的事情。”

“真的吗？”汤姆激动地问。

“千真万确。他想知道工厂地址和内部的布局情况，还想知道工厂生产的产品和所需配件。”

“你说了些什么？”

“什么都没说。我觉得那人有点儿可疑，就跟他说，这些问题最好直接去问你父亲。我这么说没错吧？”

“当然，我爸爸可不喜欢让人知道他工厂的事情。你觉得他们有什么目的？”

“嗯，那人说，他和几个合伙人想买下你父亲的工厂。”

“那是不可能的，我爸爸正忙着申请产品专利，怎么可能把工厂卖掉？”

“我也是这么想的，但没有说。我想这些事情还是让他自己去查吧。”

“那人叫什么名字？”

“他没说，我也没问。”

“他是个什么样的人？”

“他穿得很好，戴着柔软的羔羊皮手套，嘴上留着黑色小胡子。”

汤姆有些吃惊，莫顿先生也注意到了这一点，于是问道：“你认识他吗？”

“不认识，但我看到……”说到这里，汤姆突然顿住了。他回想起自己在邮局见到的那个人，跟莫顿先生描述的似乎差不多，但这些信息都太模糊了，他也不敢肯定。

“你是说，你看到过那个人？”莫顿先生好奇地看着汤姆。

“不是……是……我的意思是说，你说的这些事我会跟我爸爸说的。”汤姆结结巴巴地说，他决定先不说出自己心中的疑虑，“吃完午餐我就回来，莫顿先生，如果可以的话，到时请帮我把螺栓准备好。”

“一定会准备好的。那是你父亲打算用在新机器上的吗？”

“是啊，爸爸一直在生产新机器。”汤姆彬彬有礼地回答，却十分谨慎地不透露任何跟工厂有关的具体信息。“一吃完午餐我就回来。”他一边喊，一边朝自己停在门外的自行车走去。

汤姆满腹狐疑地想，自己在邮局看到的人应该就是跟莫顿先生探听消息的人。

“这事真蹊跷，应该让爸爸知道！”汤姆想，“我得把这件事告诉他。我觉得我们不能再把要申请专利产品的配件交给莫顿先生的工厂生产，还是在我们自己的工厂里生产比较妥当，我和爸爸也能尽量留点儿神，肯定有人想打探我们工厂里新研发的发动机的信息。取了螺栓我就赶紧回去，把这些事都告诉爸爸。现在我还是找家餐厅，坐下来好好吃一顿吧。”

汤姆的零用钱可不少，其中一部分是他销售自己发明的专

明真的很有价值……”

“嘘——”又一个人说道，“别在公共场合讨论这些事，等我们出去以后再谈。当然，我们得安排一个人去跟斯威夫特先生见见面，要是他真那么顽固……”

“我看该‘嘘’的人是你自己吧！”第一个说话的人讽刺道。接下来，他们的说话声就小得听不清了。

然而，汤姆听到的内容已经足够让他惶恐不安了。听到爸爸的名字，他惊讶得碰掉了桌上的叉子。

“你怎么了，很紧张吗？”奈德笑着问道。

“或许有点儿。”汤姆在女服务员过来前俯下身子，去捡叉子。他偷偷地瞄了一眼最后说话的那个人，竟震惊地发现，正是自己刚刚在邮局见到的那个人，也就是莫顿先生说曾经来打听过消息的那个人。

“我一定要好好听一听他们在说什么。”汤姆一边吃东西一边想。

撞　车

年轻有为的发明家聚精会神地听着，然而无论他怎么努力，还是听不清身后那桌人究竟在说些什么，只听到一阵模糊不清的嗡嗡声。那人的一句提醒让他们警惕起来，大家都把说话声压得很低。

汤姆和奈德两人吃完饭，准备离开餐馆。从那几个人的餐桌旁经过时，他们三个瞥了汤姆一眼。其中两人很快就将目光移开了，而汤姆先前在邮局见过的那人却始终打量着他。

“下次看见我，他肯定会认出我的。”汤姆心想，于是他大胆地朝那个人回望过去。

回到配件厂，订购的螺栓都已经准备好了。汤姆把装着螺栓的袋子系在自行车后座，然后骑着车飞快地往家赶。在一个十字路口，他从小路转到了大路，看到前面有位女士正驾着马车。汤姆的自行车车轮反射出的光让那匹马受了惊，马儿跳

起来，突然朝另一边狂奔而去，女人不禁尖声惊叫。

“这匹马失控了！”汤姆叫道，“我也得负责任。”

汤姆立刻倾着身子抓紧车把，同时使出浑身力气猛踩踏板，那辆自行车仿佛跳跃着朝那匹狂奔的马冲去。

“坐好！别跳下来，别跳！”汤姆喊道，“我会抓住它的！”他看到那女人站起来，稍稍倾着身子，似乎打算从马车上跳下来。

“她太惊慌失措了！也难怪，这匹马的性子可真够烈的！”汤姆想。

汤姆越骑越快，全力以赴打算追上那匹马。马车不断地摆来摆去，女人紧紧抓着车椅，有好几次她都差点儿被甩出去。她发现站着是非常危险的，于是伏下身子蹲了下来。

“这样好多了！”汤姆叫道。但他怀疑女人根本听不到他的声音，马蹄声和车轮声太大了，似乎能把其他所有的声音都吞没。“坐好，我会帮你把这匹马拦下来的！”

情况危急，汤姆不遗余力地蹬着踏板。他渐渐追了上来，紧挨着马车尾部，并且还在一点点地赶超。女人几乎已经蜷成了一团。

“抓住缰绳！抓住缰绳！”汤姆叫道，“来回拉扯缰绳，这样能让它停下来！”

车上的人扭头看了汤姆一眼，汤姆注意到那是一位非常美丽的少女。

“抓住缰绳！”他继续喊道，“使劲儿拉！”

“我……我抓不了！”少女战战兢兢地回答道，“绳子已经掉下去了！噢，快帮我拦住这匹马吧！我实在是……实在是太害怕了！”

“我会拦住它的！”汤姆坚定地说，然后他咬紧了牙关。这时，他看到拖在地上的缰绳，明白了少女为什么不能抓住缰绳。

风呼啸而过，汤姆明白这匹马已经没之前跑得那么快了。

汤姆看准时机，猛力冲向马头，用一只手控制住车头，另一只手抓住了垂下的缰绳。马儿惶恐地冲向一边，汤姆也跟着转了一个弯。他拽着缰绳使劲儿一踢，自行车倒向了一边，他的两只手都拽住了缰绳。很快他就让对手知道了，像他这样一个肌肉发达的少年可不容易对付。

“坐……好！”汤姆气喘吁吁地朝直起身子准备坐到座位上的少女喊道，“我会让它在半分钟内停下来！”

不到半分钟马车就停了下来。那匹马发现，要想把汤姆甩出去是绝无可能的，于是它越跑越慢，从疾驰变成快跑，从快跑变成慢跑，从慢跑变成慢走，最后它停了下来，大口大口地喘着粗气。

“好了，好了！”汤姆安抚道，“没事了，老伙计——希望你没受什么伤。”最后这句话是对少女说的。他伸手去摘自己的帽子，却发现帽子早已被风吹走了。

“哦，没有没有，可我实在是吓坏了！”

我们的小发明家表示：“都是我的错，我不应该突然这么转过来的，惊着你的马了。”

美丽的骑手承认说：“噢，我想是多宾太容易受惊了。你帮我把它拦下来，真的太感谢你了，是你救了我的命。”

“这都是我应该做的。你现在没事了吧？”汤姆举起垂着

的缰绳向少女递去，“我想你的多宾已经跑够了！”那匹马一动不动地静静站着。

“但愿如此。是的，我已经没事儿了，希望你的自行车没摔坏，要是摔坏了，我爸爸艾莫斯·奈斯特就住在曼斯堡，他非常乐意支付所有的维修费用。”

汤姆这才想起自己的自行车来。确信那匹马不会再失控狂奔后，他折回去察看单车和帽子。单车没什么问题，只是有几根辐条弯了。他将辐条一一掰直，然后向少女表示歉意。得到少女的谅解与感谢并得知少女名叫玛丽·奈斯特后，汤姆继续赶路。马车在他身后跟了一小会儿，很快就慢得看不见了，因为那匹马已经不想跑了。

“唉，今天可真是多灾多难！”汤姆一边蹬踏板，一边想，“幸好那会儿路上没什么人，不然肯定会出大事的！”

汤姆一点儿也不因为自己救了少女而沾沾自喜，他是个非常谦逊的少年，而且他总觉得自己应当为这件事情负责。拉缰绳时他扭伤了胳膊，但他一点儿也不以为意，仍然低头赶路，希望能把刚才浪费的时间补回来。

就快到家了，汤姆在下坡路上轻松地滑行着。他注意到前方飞扬的尘土，与来的时候看到的那位不熟练的车手驾驶摩托车时卷起的尘土十分相似。

“不会又是那个人吧？”汤姆想，“如果是的话，我最好先看清他是往哪个方向走的。我可不想再冒什么险了！”

就在那时，一阵风将尘土吹向一边，汤姆恰巧看到了车上的人。

“就是刚才那个人！”他惊叫道，“他跟我的方向是一样的。好吧，我骑慢一点儿，不要再追上去了。他在这儿做什么呢？他骑得这么快，可骑了半天还在这里！除非他在不停地来来回回兜圈子，要不就是一直在休息。天哪，他骑得可真够快的！”

风带来了摩托车的轰隆声，汤姆看到那人紧抓着车把。摩托车驶至汤姆家附近时，汤姆不禁惊呼起来，因为他看到摩托车突然转了一个弯，径直向一棵大橡树冲去。

“怎么回事？难道他以为自己能骑着车爬树，或是在表演千钧一发时绕过障碍物的特技？”

接着，摩托车撞到了大树上，车手飞了出去，摔在一棵树下的一堆东西上。摩托车被弹到路边的水沟后倒了下来，车轮仍在飞速旋转着。

汤姆不禁惊呼：“天哪，撞车了！他肯定被撞死了！”他倾着身子，加速朝出事地点骑去。

意外收获

汤姆来到大橡树下，看到了倒在草地上的车手。他快步走过去，看见那人头上有道非常严重的伤口，鲜血不断地往外流。不过，汤姆发现那人还有微弱的呼吸。

“噢，他没有死，还没有死！”汤姆松了口气，“他肯定伤得很重，我必须找人帮忙……不，我要把他抬到家里去，我家离这里很近。我先去找爸爸。”

汤姆把单车放在树下，准备向距离此处不到五百米的家跑去。这时，他看到倒在沟里的摩托车引擎没关，车轮仍在全速旋转着。

“我最好先把引擎关了，没理由让这辆车就这么坏掉。”汤姆说。他对各种机械产品似乎有种与生俱来的情感，看到机器坏掉，就好像看到动物受伤一样让他难受。他一下子就让摩托车熄了火，然后飞快地往家跑去。

“我爸呢？”他问正在洗盘子的管家伯格特夫人。

“到厂子里去了。怎么了……发生什么事了？”看到汤姆焦急的样子，伯格特夫人不禁问道。

“有人受伤了……就在前面……撞了辆摩托车……我要把他抬回来。备点儿东西……我去找爸爸……”

“愿主保佑！”伯格特夫人说，“发生什么事了？谁受伤了？怎么伤的？他死了吗？”

“没时间说这些了！”汤姆冲向门口，“我和爸爸会把他抬过来的。”

汤姆在家附近的三间小工厂中的一间找到了爸爸，他急匆匆地向爸爸讲述了事情发生的大致经过。

斯威夫特先生将手头的工作暂时搁下，对汤姆的想法表示赞同：“我们当然要把他抬回去，你跟伯格特夫人说了吗？”

“说了，她紧张得不知所措。”

“女人嘛，都是这样的。我们得把这事处理好。你认识那个人吗？”

“在他今天差点儿撞到我之前，我从来没有见过他，我看他摩托车骑得不大熟练。快点儿，爸爸，说不定他会失血而死的。”

父子俩迅速向出事地点跑去，来到了那个陌生人的身旁。那人睁开眼睛，虚弱地问道：“我在哪儿？发生什么事了？”

斯威夫特先生说：“没事，我们会好好照顾你的，你觉得自己伤得重吗？”

“不严重，就是有点儿晕。出什么事了？”他再次问道。

“你想骑摩托车爬树。”汤姆幽默地说。

“对了，我想起来了，我没法转弯绕过那棵树，也不能及时关掉引擎。那辆车撞坏了吗？”

汤姆看了看摩托车说：“前轮撞得有点儿严重，车身有点儿剐蹭，不过我看……”

“希望它撞个粉碎！”那人恨恨地说，“我再也不想看到它了！”

“为什么，你不喜欢它吗？”汤姆热切地问。

“不，一点儿也不喜欢。”男人虚弱而坚定地说。

“现在别说那么多了！”斯威夫特先生说，“尽量不要太激动。我和我儿子会把你抬到我们家去，再请医生过来帮你检查一下。”

“等我们把你抬回去，我会再去把摩托车推回来的。”汤姆补充道。

“别再管那辆摩托车了，我再也不想看见它了！”那人坐了起来，“那辆车差点儿一天灭了我两次，我再也不会去骑了！”

“等医生治好你的伤，你就不会再这么想了。”斯威夫特先生笑着说。

那人喊道：“医生？我不需要医生！不过是有点儿晕，再加上点儿擦伤罢了！”

“你头上有道很严重的伤口。”汤姆说。

那人伸手摸着伤口说：“伤得不深，撞上那棵树前我幸好偏了偏脑袋。如果可以的话，我只需要在你们家休息一会儿，再拿点儿药膏抹一抹，肯定就没事了。”

“你能走吗，还是我们抬你过去？”汤姆的爸爸问。

“我可以走，你们只要扶着我点儿就行。”那人的确站起来走了几步，但后来几乎完全是斯威夫特先生和汤姆把他拖回去的。他们让他躺在客厅的沙发上，伯格特夫人已经准备好了一些简单的药物。看到那人伤得不算重，伯格特夫人不禁舒了口气。

“我是不是昏迷了一会儿？”那人问道。

汤姆说：“是啊，我过去看你的时候还以为你已经死了，不过发现你还有呼吸。我帮你关掉了摩托车的引擎，然后跑去找我爸爸。我已经帮你把那辆摩托车放在门口了，你大概要过一阵子才能骑，恐怕……呃……先生……”汤姆顿住了，他发现自己还不知道男人叫什么名字。

那人说："噢，很抱歉刚才没有先介绍一下我自己。我叫韦克菲尔德·达蒙，住在瓦特福德。别再管那辆摩托车了，我再也不会骑了！"

"哦，或许……"斯威夫特先生开口道。

"不会，我再也不会骑了！"达蒙先生斩钉截铁地说，"是我的医生建议我骑的，他说骑着车四处逛逛对我的身体有好处——我要去告诉他，这份处方差点儿害我丢了性命。"

"也差点儿害我丢了命。"汤姆笑着补充道。

"为什么……怎么会……难道你就是我今天早上差点儿撞到的那个人？"达蒙先生突然坐了起来，盯着汤姆问道。

"没错。"汤姆答道。

"主啊，请保佑我的灵魂吧，想不到那个人就是你！"达蒙先生惊叹道，"我还想着那人到底是谁呢，这可真是太巧了！当时尘土太大，我根本看不清楚。"

"你开着消声器，所以激起了那么多尘土。"汤姆说。

"是这样吗？主啊，请保佑我的身体吧！我知道肯定是哪里有问题，却不知道问题到底出在哪儿。我认认真真地把说明书上的每一个字都看了一遍，还是不清楚到底该怎么办。我试来试去，想让尘土少一些，却一点儿办法也没有。主啊，请保佑我的睫毛吧，这车子在我差点儿撞上你之后就翻了，我修了一两个小时才让它再次发动起来，然后我就撞到了那棵树上。医生说，骑摩托车对我的肝脏有好处，可是天哪，我情愿不要肝，也不愿再发生今天这样的事情。我再也不骑摩托车了！”

汤姆的脸上浮现出满怀期望的神情，但他什么都没说。过了一会儿，达蒙先生感觉好些了，就向他们告辞说自己打算回家去。

“恐怕你的摩托车得先放在这里了。”汤姆说。

“你随时可以让人来取。”斯威夫特先生补充道。

“主啊，请保佑我的帽带吧！”达蒙先生说，他似乎特别喜欢请求主保佑他的身体器官和衣物饰品，“保佑我的帽带吧！我这辈子可再也不想见到那辆摩托车了！要是你们不介意的话，请帮我保管一阵子，稍后我会让收垃圾的人来把它收走的。我绝不会再花一个子儿去修这劳什子了！有肝也好，没肝也好……有医生也好，没医生也好……这种运动根本就不适合我！”

他表现得十分坚决，顿时让汤姆下定了决心。达蒙先生到卫生间清洗脸上和手上的泥巴时，汤姆恳切地问：“爸爸，我能不能买下他的摩托车？”

“什么？买一辆坏掉的摩托车？”

“很容易修好的，车坏得不严重，只要修一修就还是辆很好的摩托车，我可以修好的。我一直想要一辆摩托车，买这辆车，我想我可以拿到一个好价钱。”

斯威夫特先生说：“不需要这样吧，你的钱肯定够买一辆全新的摩托车。我还不知道你这么想要辆摩托车呢。”

“我也是最近才这么想的。比起买辆新车，我想我还是愿意把这辆车买来修一修。事实上，我想发明一种交通工具，这辆摩托车肯定能让我学到不少东西。”

“哦，这么说来，买这辆车的确是再好不过了。去吧，去谈谈价钱，别给得太高哦！”

达蒙先生回到客厅后说：“真的非常感谢你们，我可能还要在这儿躺一会儿。主啊，请保佑我吧！今天可真险啊，我差一点儿就没命了！从今往后，无论看到谁骑着摩托车，我都会扭头就跑。这次的经历实在是太可怕了！”他伸手摸了摸敷在头上的药膏。

“达蒙先生，你愿意把这辆摩托车卖给我吗？”汤姆飞快地问。

“主啊，请保佑我的戒指吧！你说什么？把这堆垃圾卖给你？”

“这可不是垃圾！我很快就会把它修好的。当然了，”汤姆审慎地说，“肯定得花点儿钱才能修好。这辆车你打算卖多少钱呢？”

“这样啊，”达蒙先生说，“这车是我上周买的，花了两百五十美元。我骑着它跑了一两百公里，算起来差不多两美元一公里。噢，这车骑得可真够贵的！你真想要的话，我就五十美元卖给你吧，不过这样会不会太占你便宜了？”

“好的，我会付五十美元给你。”汤姆爽快地说。

达蒙先生叹道："主啊，请保佑我的肝吧……要是我还有肝的话。你是说真的吗？"

汤姆点点头说："我马上拿钱给你。"他跑回自己的房间，从一个带有精密报警装置的保险箱里拿了钱。下楼时他听到爸爸大声喊道："嘿！你想做什么？快走吧，这工厂是不允许外人入内的！"汤姆从楼上的窗口探出头去，看到他爸爸正朝一个想闯入工厂的陌生人跑去，那是斯威夫特先生的工厂，专门用来生产涡轮机。看到那个陌生人，汤姆吃了一惊，那人留着黑色的小胡子，正是他在曼斯堡邮局和餐馆见过的那个人。

隐 忧

汤姆把打算拿给达蒙先生的钱揣进口袋，然后飞快地冲下楼去。他穿过客厅，想出去看看究竟是怎么回事，如果有什么事，他也可以帮帮爸爸。客厅里，那位摩托车的主人问道：“怎么了？发生什么事了？主啊，请保佑我的燕尾服吧，到底出什么事了？”

汤姆对他说：“不太清楚。有个陌生人想到我们的厂里去，我爸爸从不允许陌生人进去的。我去看看，很快就回来。”

“不用急。”古怪的达蒙先生说，“我觉得我的腿还有点儿软，可能要在这里多休息一会儿。主啊，请保佑我的鞋带吧。你快去吧，不用急着回来！”

汤姆跑向后院，他们的工厂就在后院尽头的几排楼房之中。他听到爸爸正在对那个蓄着黑色小胡子的人说：“你想干什么？除非我或我儿子邀请，否则谁也不能到厂里去。你是来

找我的吗？”

“请问你是巴顿·斯威夫特先生吗？”那人问道。

“正是。”

“发明安全灯和涡轮机的斯威夫特先生？”

听他提到涡轮机，斯威夫特先生显得有些吃惊。他略显生硬地说：“我是发明了安全灯，却不知道你说的什么涡轮机。这些消息你是从哪里听来的？”

那人答道：“噢，我不能说。我来找你是想谈点儿生意，我代表的组织……”

这时，汤姆拉了拉他爸爸的袖子，小声说道：“爸爸，我在曼斯堡见过这个人。我想，到莫顿先生的店里去打听你和你的专利产品的人就是他。在我们弄清楚前，千万别跟他做什么生意。”

“真的吗？”斯威夫特先生转身对那个陌生人说，“我儿子跟我说……”没等斯威夫特先生说完，那人就看到了他之前曾认真打量过的汤姆。

“噢！”那人惊呼道，“我都忘记了……我还有个很重要的约会……稍后会再来拜访你的，斯威夫特先生，请原谅我给你造成的困扰……我还有点儿急事。”父子俩还没来得及说什么，那人就已经转身跑出了院子。

斯威夫特先生和汤姆站在原地瞪着那人的背影，呆了一阵子。然后，斯威夫特先生问道：“你认识这个人吗？他是怎么回事，汤姆？他怎么走得这么快？”

汤姆回答说：“我见过他，但不知道他叫什么名字，他走得这么快，肯定是因为认出我了。”汤姆把自己在邮局以及饭店见到这个人的事情一股脑儿说了出来。

“你说他们到底有什么阴谋，汤姆？”听完汤姆的话，斯威夫特先生问道。

“我现在也不是很清楚，但他们肯定对你的专利感兴趣。你也不想让他们知道太多吧？”

“那当然了，特别是跟涡轮机有关的事情。这是我最近的一项发明，我想应该是非常有价值的发明。虽然我以前从来没提过，但我知道这事肯定会惹麻烦的。我刚把涡轮机研发出来，当然还有些小问题没解决，就有一个富人财团说我侵犯了他们的发动机专利权。那件事让我感到非常惊讶，主要有两方面的原因：首先是我从未跟任何人透露过发明涡轮机的事，一直是秘密进行的，可是这消息竟然泄露出去了，究竟是怎么泄露出去的我实在想不通。怕消息继续泄露，我今天才叫你到曼斯堡去寄挂号信，但这么做似乎没什么用。其次，我研发的东西竟然会侵犯别人的专利权，这还从来没有发生过，于是我仔细调查了一番，发现那些人说得不对，我并没有侵犯任何专利，倒是他们的产品跟我的有点儿像，不过有个最大的区别：他们的发动机根本不能用，我的却可以。他们的专利一点儿价值也没有！”

“你说他们到底有什么目的？”

“我觉得他们想要我发明的涡轮机专利权。汤姆，最近我一直为这事心烦，我知道那些有钱人都没什么道德，肯定会给我制造很多麻烦。”

“那你不能把他们告上法庭吗？”

“可以，我不是没钱打官司的穷人，但我不想惹那么多麻烦。我只想安安静静地发明东西，一点儿也不想过官司缠身的日子。可要是他们太过分，我也只好跟他们斗一斗了。”斯威夫特先生不假思索地说。

“你说刚才那个人是不是财团里的哪个金融家？”汤姆问道。

“不好说，但我觉得他很可疑，偷偷摸摸地溜进来，就像要来偷我的模型或图纸。”

“肯定是的，要是我们知道他的名字就可以……”汤姆突

然走向前去，从那个陌生人刚才站的地方捡起了一封信。

“这是从他口袋里掉出来的，爸爸，是一封电报，我们能不能看一看呢？”汤姆急切地问。

“我们也是为了好好保护自己——封口是开着的吗？”

“是的。”

“那你把这封电报读来听听。”

汤姆从信封里抽出一张淡黄色的电报纸，看着纸上简短的文字读道：“安森·莫尔斯，曼斯堡。今天去见斯威夫特先生，给他报价。如他不接受，你当尽力而为，无论如何不要放弃。”

“就这些吗？”斯威夫特先生问。

“最后还有个署名。”

“署名是？”

“斯米克·凯奇。”汤姆答道。

“这些无良的律师！”斯威夫特先生说，“我就知道这里面有问题，这就是代表那个财团的法律事务公司，他们肯定想把我发明的涡轮机据为己有！汤姆，我们得小心点儿，这些人肯定不好对付，他们投了很多钱去研发发动机，最后却用不了，现在肯定会不遗余力地来对付我。”

“那就跟他们斗到底！”汤姆大声说，“爸爸，你和我，我们两个就让他们瞧瞧，斯威夫特父子联合公司到底有多厉害！”

斯威夫特先生叹道：“好极了！我很高兴听到你这么说，不过汤姆，这件事肯定危机四伏。那些都是寡廉鲜耻的有钱人，无论什么时候我们都得小心谨慎。把那封电报给我，说不定会有点儿用处。现在先给我的律师瑞德·克罗弗德寄封信，千万小心，他们肯定会想方设法打探消息的。”

斯威夫特先生和汤姆正准备回屋就看到达蒙先生走了过来。这个怪里怪气的人叹道：“主啊，保佑保佑我吧！我真担心你们会出什么事，还好你们俩都没事。我听到一些声音，还以为……”

“没事。”斯威夫特先生说，“不过是有个陌生人想溜进我的厂房，但我没让他进去。你感觉好些了吗？要是不舒服的话，不妨留下来，我们有的是房间。”

“噢，太谢谢你们了，但我感觉好多了，已经可以走了。主啊，请保佑我的吉他吧！总之我这辈子再也不会跟车子打交道了，我要跟所有烧汽油的机器一刀两断！

“我想起来了，还没把买摩托车的钱给你呢！”汤姆一边掏钱一边说，“你真的愿意以这个价格卖给我吗，达蒙先生？这辆车还很新，只需要稍微修一下就好，五十美元实在是……”

“天哪，小伙子，我还觉得是我在占你便宜呢！真希望这辆车不会把我的霉运一起带给你。”

汤姆笑着把钱递给他说：“我会很小心的！我打算把这辆车改装得好一点，以后就可以用它替代我的自行车了！”

“要改装到我敢骑上去，那可不是一件容易的事。”达蒙先生断言道，“不过我真的很感谢你们，以后如果有什么我帮得上忙的，我一定尽力而为！主啊，请保佑我的灵魂吧！你千万别去爬树哦，我可不想哪天也这么救你一回。”他爽朗地笑了起来，那声音说明他的确已没什么大碍了。接着，他与父子俩握了握手，然后就离开了。

斯威夫特先生说：“这人挺不错的，汤姆，虽说他有点儿怪，但个性真是挺好的！”

汤姆说：“我也这么觉得。好了，爸爸，以后你会看到我骑着摩托车环游全国的！我刚好想买辆摩托车，竟然用这么划算的价钱就买到了！”

“你觉得自己能修好它吗？”

“那当然了，爸爸，比这难得多的事情我都做过了。现在我要先把车拆开，看看里面还缺点儿什么。”

“别着急，汤姆，我希望你先到城里去帮我把电报发了，我必须马上通知律师。”

“爸爸看起来忧心忡忡的！”汤姆一边把摩托车推向他的小厂房，一边想，“这也不能怪他，跟那些恶棍斗，的确是要小心些。”

黑暗中的会面

斯威夫特先生写电报的时候，汤姆快速检查了一下他的摩托车。车子有好几个小地方要修，而且前轮需要整个换掉。他用小仪器检查了一下，确定摩托车的发动机并没有坏。随后，汤姆就骑着自行车急匆匆地上路了，他注意到西边有一大片乌云，一场阵雨眼看就要落下来了。“回来时我肯定会淋成落汤鸡的！”这么想着，他越骑越快，不到七点就到了发电报的地方。

“你说这场雨会不会在我到家后再落下来？”汤姆问道。

“恐怕不会。”负责发电报的工作人员说，“你最好骑快一点儿。”

汤姆仿佛一支离弦的箭似的往回骑。天色很快暗了下来，离家仅有一两公里时，他感到几滴温润的大雨点落在了自己的脸上。

“下雨啦！”汤姆叫道，“我得再骑快点儿。”

汤姆猛踩踏板，踩得实在太猛了，忽然，他听到什么东西折断的声音。接下来，他感觉自己似乎跃出自行车飞了起来，同时还听到一阵丁零当啷的声音。

汤姆从尘土中爬起来惊叫道：“链条断了！噢，这可真够疼的！”他往回走了一点儿，在飞扬的尘土中找到了自行车。

链条从链轮上脱落了下来，汤姆把链条捡起来认真查看了一番，发现连接链轮和链条的螺丝和螺母已经掉了。他忍不住气呼呼地说：“倒霉透了！难道要我在这么黑漆漆、灰扑扑的地方找螺丝吗？下次我最好带个备用螺丝——噢不，下次我要骑我的摩托车。好吧，我还是找一找吧，我可不想走回去，最好还是把车修好了骑回去。”

汤姆划着了几根火柴来照明，打算在路上找一找，不过还没过两分钟，他就彻底放弃了，因为已经下起了倾盆大雨。

“没必要再在这里找下去，我还是推着车跑回家吧！”汤姆对自己说。

天色已经完全暗下来，汤姆顶着暴风雨往回跑。不一会儿，这条乡间大道就成了坑坑洼洼的泥地，落脚时水花飞溅也就罢了，自行车也越来越难推。

除了呼啸而过的风声和噼里啪啦的雨声，汤姆还听到了一种声音，一种节奏稳定的呼呼声。很快，沉沉夜色就被一道耀眼的亮光一分为二。

“一辆汽车！”汤姆大声说，“我最好靠边点儿。”

他慢慢靠向路边，那辆车却没有飞驰而去，反而在他身旁停了下来。

“要搭个便车吗？”司机掀起遮风挡雨的侧帘一角问道。汤姆注意到，这是一辆很大的敞篷车。“我捎你一段怎么样？”司机再次问道。

汤姆答道：“我还有辆自行车呢，链条断了，我再推一两公里就到家了。”

“上来吧，自行车就留在这儿，我想不会有人去动它的！”司机又邀请道。

“噢，我不能这么做。没关系的，我不介意走一走，反正我现在已经湿透了，也不可能淋得更湿。”

“我很想帮帮你，不过很抱歉，我的车恐怕容纳不了你和你的自行车。”司机说道。

“肯定不行！”车里的另一个人说道，“我们可不能把一辆沾满泥巴的自行车放上来。那人是谁，辛普森？”

“一个小伙子。”司机答道。

“他对这一带熟悉吗？”坐在后座的人继续说，“问问他对这一带是否熟悉，辛普森。”

汤姆感觉那声音特别熟悉，似乎在哪里听到过，却又想不起来。

“你对这一带熟悉吗？”司机依照那人的话问道。

“我就住在这儿。”汤姆说。

“问问他认不认识一个叫斯威夫特的人。”坐在后座的人说。司机正准备将他的话重复一遍时，汤姆打断道：“我能听到他说的话，是的，我的确认识一位斯威夫特先生。”就在那一刻，也说不清是什么原因，总之汤姆决定不向对方透露自己的真实身份。

“问问他认识的斯威夫特先生是不是一位发明家。”那位“只闻其声不见其人”的先生继续道。汤姆觉得他的声音十分熟悉，却怎么也想不起来是谁。

“是的，他是一位发明家。”汤姆说。

“你跟他熟吗？他有什么爱好？他是不是住在他的工厂旁边？他家里用人多吗？他……”

不露面的发问者突然拉起窗帘看了一眼站在车外的汤姆，与此同时，站在泥泞路上的汤姆也看到了车上的问话人。汤姆

认出这人就是自己在饭店见过的那三人中的一个，那人也在同一时间认出了汤姆。

“啊……呃……是你，对吗？”坐在后座上的人将头探出窗帘问道。“天哪，这雨真够大的！”他在哗啦啦的雨声中惊呼，“这么说你认识斯威夫特先生，是吗？今天我在曼斯堡见过你，我应该没认错，这方面我还是有点儿自信的！你是在斯威夫特先生的厂里工作吗？如果是的话我可以……”

“我是汤姆·斯威夫特，巴顿·斯威夫特的儿子。”汤姆尽可能平静地说。

“汤姆·斯威夫特！他的儿子！”那人惊呼道，他看上去显得十分紧张、烦乱，“我还以为……那是……莫尔斯说……辛普森，快回曼斯堡去！”说完，那人不再看汤姆，立刻放下了窗帘。

司机踩下油门，将庞大的车辆驶向路边。路很宽，他娴熟地掉了个头，很快就开走了，只留下汤姆一个人站在黑漆漆的泥泞路上，任凭瓢泼大雨冲刷着他的身体。

风 波

看着仿佛红眼睛一般的车尾灯渐行渐远，汤姆突然有种想追着车子跑的冲动。但他知道，不要说跑着追不上，就是他的自行车没坏，他骑车也不可能追得上。“要是我骑着摩托车，”他喃喃道，“就肯定追得上了！唉，我得赶紧回家把这件事告诉爸爸，这两天已经发生了一连串的怪事。那人到底是谁？他为什么想知道爸爸这么多的私事？”汤姆在狂风大雨中推着车子前行，断掉的链条叮叮当当地甩来甩去，他每一脚踩下去都会溅起很多水花。这是一段十分孤独且令人疲惫的旅程。想起白天发生的事情，他不禁庆幸地叹了一口气，这时，家里的灯光已经在他眼前摇曳。他推着车子上了几级阶梯，穿过前廊，看到大门恰好被打开了。

“怎么了，汤姆？出什么事了？”伯格特夫人关切地问。尽管她只是管家，却跟汤姆的养母没什么区别。

汤姆简洁地说："链条断了。爸爸呢？"

"到厂里去了，肯定在研究他的那些新发明。你受伤了没有？"

"噢，泥地软得就跟鸟窝一样，我一点儿事也没有，只是这些衣服恐怕不大妙。"汤姆看着自己满是泥浆的裤子和衣服说。

听汤姆说完路上发生的事情，斯威夫特先生非常惊讶。知道汤姆是谁之后，那人的反应实在是太怪异了。

"你知道那人是谁吗？"汤姆说完后问道。

"我很肯定，他就是安森·莫尔斯代表的那个财团中的一员。你确定自己在饭店里见过那个人？"斯威夫特先生问道。

"绝对确定，两次我都仔细打量过他。你说他是不是想来窃取你的机密资料？"

"我都不知道该怎么办了，汤姆，我们一定要万分小心才行。我要装一些防盗警报器，以前一直觉得这儿挺安全的，所以没有安装。然后，我要把我的涡轮发动机模型和相关图纸放到屋里来。从今晚起，我们不能再冒任何风险！"

斯威夫特先生开始调校他们今天取回来的新螺栓，然后打算把相关配件组装起来。"我来帮你，爸爸。"汤姆也开始组装防盗报警器，这套报警装置将覆盖他们的房屋、工厂和院子。

那天夜里，汤姆和爸爸都没有睡好。他们几次听到怪声，但那些声音不过是暴风雨引起的响动罢了。一直到清晨，也没有什么特别的事情发生。雨还在下着，汤姆看着窗外一直不停的雨说：“下雨可真好啊！”

“为什么？”他爸爸在另一间房里问道。

“这样我就有借口待在屋里修我的摩托车了！”

“你还是要学习的！”斯威夫特先生说，“早餐后，你要

做几道数学题。”

“没问题，爸爸，那些题我肯定会做！”

汤姆是当地一所中学的优秀毕业生，但他没有选择到大学去深造，而是待在家里跟着爸爸学习。斯威夫特先生是一个博学多才的人，他也很愿意让汤姆留在家里，一方面可以在发明上帮自己的忙，另一方面，汤姆自己也可以做些小研究。汤姆对机械学有着浓厚的兴趣，他爸爸明白，由自己在家里引导儿子，比把他送到大学里去更好。做完题，汤姆立刻冲向小厂房，修理起那辆摩托车。

“得先把车把手扳直，再把发动机和变速器装上去。我得到城里去买个轮子，要修好这个轮子可太难了！”

汤姆挥舞着扳手、锤子、钳子和螺丝刀忙碌起来。他非常喜欢做这些事情，所以一边做，一边吹着口哨。他发现发动机完好无损，不过他想改造一下加速器，那可不是一件容易的事。最后他不得不跑去问爸爸，该如何安装前齿轮和后齿轮，因为这辆摩托车是由链轮而不是链条带动的。斯威夫特先生告诉汤姆如何让链齿咬合在一起。汤姆完成了安装，试了一下，欣喜地发现后轮的转速竟然提高了百分之五十。

“太好了，这样速度肯定很快！”汤姆兴奋地对爸爸说。

“但这样油也会烧得更快，千万别忘了这一点——速度越快，耗油越多，损耗值也越大。”

“嗯，我要把油箱也扩大一点儿。”汤姆说，“我喜欢车速快一些。”

他继续工作，几个小时后，基本上已经完成了这辆摩托车的修理与改造工作，只差买一个前轮安装上了。

“我要到城里去买一个轮子，这会儿雨已经没那么大了。”汤姆不顾爸爸的劝阻，飞快地把单车链条装好后骑了出去。他很快就买回了需要的前轮，当天晚上，他的摩托车已经可以骑了。只是天太黑了，车灯也在上次的事故中撞坏了，而自行车上的车灯又太暗，所以他只好等到天亮。第二天，他起得很早，早餐时，他已经遛了一圈回来。斯威夫特先生和伯格特夫人坐在餐桌旁，看到他的脸红扑扑的，一双眼睛闪闪发亮。

“我骑到里德维尔又骑了回来。”汤姆自豪地说。

“什么？来回将近五十公里？”斯威夫特先生吃惊地问。

“没错！”他的儿子确认道，“一路上我就像个赛车手似的，只有在穿过曼斯堡时放慢了速度，其余时间我都在全速行驶。

“你应该小心点儿，毕竟还不熟练呢！”斯威夫特先生提醒道。

“是的，我也意识到了。有几次我想减速，就不由自主地向后踩踏板，就像还在骑自行车似的。接着我才想起，我该熄掉引擎，然后刹车。爸爸，骑摩托车太有意思了，吃完饭我还要去骑——如果你没有什么事要我帮忙的话。”

“没有，今天早上没什么事。去练习骑车吧，你会渐渐熟练的。”那时，汤姆和他爸爸都没意识到，那辆摩托车将在他们的人生中起到十分重要的作用。

吃过早餐，汤姆又出门了。这次他选择了完全相反的方向，想看看这辆摩托车在山路上行驶得怎么样。他在一条狭长、陡峭的路上骑行，已经到了离家七八公里的地方。大雨过后，泥泞的道路反倒比较适合摩托车行驶，他将加速器开到最大，冲上山坡。

汤姆咕哝道：“它简直像是要把这条路都吞下去一样。我还得把这辆车好好改装一下，噢，希望能研究出一项专利。”快到山顶时，他逐渐放慢了速度，兴高采烈地滑下山坡。转入大道时，他看见一头骡子拉着一辆装有栅栏的破车在路上行走着，骡子旁边跟着一个皮肤黝黑的老头儿。

“希望他们能及时闪到一旁。他们简直跟蜗牛一样慢，我这车速又快得有点儿超乎想象。我最好马上熄火刹车。”汤姆想。

骡子拉着车穿过了大道，汤姆已经越来越近了。他握紧车把，想关掉供气口，却惊恐地发现，开关被卡住了，他根本没法让车子停下来。

“小心！小心！”汤姆朝黑人大声喊道，“快让开，我停不下来了，快让我从你旁边开过去！”

黑人抬起头，看到飞驰而来的摩托车，一时间不知该如何是好。

“哇，我的飞镖啊！”黑人惊叫道，“发生什么事了？”

“你看到了！”汤姆绝望地发现，除了冲进路边的水沟，自己根本无路可走。“快让开！”灰心丧气的汤姆仍然忍不住喊道。

赶骡人却不明白事态的严重性，不知道自己该怎么做。受惊的骡子停下了脚步，用后腿直立起来，赶骡人马上走上前去安抚骡子。

“哇，我的飞镖啊！你这么直直地站起来干什么？”黑人说。

汤姆用尽全力，终于关掉了供气口，可惜太迟了，他的摩托车前轮还是撞上了黑人。幸好他先前刹过车，速度已经慢了不少，否则后果将不堪设想。站在骡子旁的黑人缓缓跌进了路边长满野草的沟里，汤姆费了很大的力气，终于没从座椅上摔出去。最后，他刹住车，从车上跳下来，又推着车折回去察看情况。

黑人坐了起来，一脸茫然地说：“哇，我的飞镖啊！到底发生什么事了？”

骡子已经平静下来，只是懒洋洋地动了动耳朵，汤姆几乎要笑出声来。他急匆匆地跑到黑人身旁，发现至少自己不会成为杀人犯了。

举手之劳

汤姆把车停在路旁的栅栏边，问道："你受伤了吗？"

"受伤？"黑人重复道，"我的命都快没了，你还问我受伤没有！我全身上下没有一根骨头没断，小伙子啊，我简直感觉糟透了！你能不能告诉我，我的骡子还活着吗？"

"当然活着！"汤姆答道，"它一点儿事也没有，但为什么你不自己回头看看呢？"

"我不能回头看，当然不能！难道你不知道我为什么不能……"黑人说。

"为什么不能？"

"为什么不能？我不是告诉过你了，我全身上下没一根骨头是还没断的，怎么可能回得了头？不能，肯定不能，我肯定回不了头了。你真的确定我的骡子没受伤吗？"

"没有，他一点儿伤也没有，我想你也没有。我只是轻轻地撞了你一下，那时我的车已经快刹住了。你试着站起来吧，我敢肯定你会发现自己一点儿事也没有。不过，我还是很抱歉撞到你了。”

“噢，没事，你不用感到抱歉，是我自己跑到路中间的。我的飞镖只要一有事就会变得狂躁起来。”黑人说。

“你为什么叫它飞镖啊？”汤姆一边问，一边想这黑人到底有没有受伤。

“我为什么叫它飞镖？你见过澳大利亚黑人扔的那种弯弯曲曲的飞镖吗，就是那种扔出去以后会自己转回来的飞镖？”

“见过。”

“嗯，我的骡子就是那样的。它拱着个背就像飞镖，无论跑到哪里最后都会跑回来，所以我叫它飞镖。”

“原来如此，这个名字挺形象的。你为什么不试着站起来呢？”

“你觉得我能站得起来？”

“当然，你试一试吧。对了，我还不知道你叫什么名字呢！”

“我的名字？我叫伊瑞德卡特·安德鲁·杰克逊·阿布拉汗·桑普森，不过朋友们都简单地叫我伊瑞德卡特·桑普森，有些人觉得这也够长的，他们直接叫我卡特。”

“伊瑞德卡特，”汤姆若有所思地说，“很少听到这样的名字啊！你为什么叫这个名字呢？”

“嗯，‘伊瑞德卡特’是‘尘灰’的意思。我是个清洁工兼灰浆工，所以有些人这么叫我，他们觉得这名字挺适合我的，所以我就有了这么个名字。伊瑞德卡特·桑普森随时为你效劳。你家里有没有鸡圈要打扫，或者马厩、牛栏还有栅栏需要粉白的，我干的活一定包你满意。”

“哦，说不定有点儿活需要你帮忙。”汤姆想到了一个让这人平静下来的好办法，“不过现在，你先试试看自己能不能站起来吧，我可不相信你的两条腿都摔断了。”

“应该没有。我现在感觉好多了，你有什么活需要我干吗？”听到有机会挣钱，伊瑞德卡特·桑普森不费吹灰之力就站了起来。

“噢，你一点儿事也没有！”汤姆很高兴看到这场事故终于没有造成什么大乱子。

“是的，我觉得没什么事。你不是说有活让我干吗？”

“倒也没什么特别的事，不过我家里总有点儿活可以让你干的，如果你能过去的话。”

“噢，当然，我可以过去的。”伊瑞德卡特往回走了一点儿，飞镖正耐心地等在那里。

汤姆告诉黑人斯威夫特家该怎么走，他正寻思要不要拿点儿钱给那个黑人作为撞到他的赔偿，却看到黑人用一根绳子将骡车的一个车轮与车身拴在一起。

“你这是要做什么？”汤姆问道。

“我不得不这么做，不然在下坡路上根本刹不住车，装着栅栏的车子冲下去，就是马戏团的骡子也会受伤的。”

“你为什么不刹车呢？我看你这车上有刹车装置啊！”

伊瑞德卡特解释道：“让你见笑了，斯威夫特先生。不过你不知道，这刹车根本不管用，简直一点儿用也没有，我只好拿根绳子把车轮拴起来。”

汤姆立刻产生了兴趣，他检查了骡车的刹车装置，很快弄清楚了刹车失灵的原因——离合器跟刹车杆没有连在一起，这个小问题只需要换个螺栓就能解决。汤姆从摩托车后座上的工具袋里摸出一枚小螺栓，黑人吃惊地张大嘴看着他，就连飞镖也懒洋洋地看了过来，似乎对这一过程颇感兴趣。

“好了！”汤姆上紧螺栓后说，“刹车可以用了，就算是再陡的坡也没问题。你以后都不用给车轮绑绳子了，那可不是什么合适的杠杆装置。”

“对不起，斯威夫特先生，你说什么？”伊瑞德卡特倾着身子聚精会神地听着。

“我说那种杠杆装置并不合适。”

“不，斯威夫特先生，很抱歉我不得不说你弄错了。我根本没有在这辆车上装杠杆，倒是很多年前装过一副挽具，那时我在给马房干活。但我已经很多年没在马房做过事了，所以我的车上也没再装过什么挽具。很抱歉，我不得不指出你这个小小的错误。”

“好的。”汤姆笑了起来，他觉得没必要解释自己指的是刹车的杠杆装置。“就这样吧！不管装没装挽具，你的刹车肯定没问题了。你说得很对，还有，别忘了到我家去干些粉刷的活。”汤姆看着黑人爬上车，赶着脚底仿佛生了根一般不愿上路的飞镖出发了。汤姆将摩托车推回路上，伊瑞德卡特·桑普森赶着骡子走了几步，突然拉了拉刹车杆，车立刻停了下来，那头骡子不禁吃惊地四处张望。

“真的能用了，斯威夫特先生，这刹车真的能用了！”黑人惊讶地朝毫不惊奇的汤姆喊道。

“太好了！你简直比巫师还神奇，一下子就帮我把车修好了！你以前是不是在铁匠铺干过活啊？”

“噢，那倒没有。再见，伊瑞德卡特，下次见。”

汤姆跨上摩托车飞驰而去，一下子就把黑人和他的骡子甩在了身后。

经过那辆驮着栅栏的骡车时，汤姆听到伊瑞德卡特肃然起敬地惊呼道：“我的老天爷！被这样一辆速度惊人的摩托车撞倒，我竟然没有受伤！我的飞镖啊，到底发生了什么事？”

“这辆摩托车可以改装的地方比我想象的还要多！不过首先要改的就是油门和点火控制杆，现在这样子可一点儿也不叫人满意。得给这辆车装一个好点儿的刹车杆，就像伊瑞德卡特的车那样。嗯，等我回家以后，要把这辆车好好改装一下。”

汤姆骑了好几个小时，觉得差不多该吃饭了，就骑着摩托车往家赶。他将速度调到最大，很快就回到厂里见到了爸爸。

“车骑得怎么样？”斯威夫特先生微笑地看着面色红润的儿子问道。

“太棒了，爸爸！我精神抖擞地兜了一大圈，还遇上了一桩险事。”

“你不会又遇上那些人了吧？那些想打我的发明主意的人？”斯威夫特先生面有忧色地问。

“没有，爸爸，我只是轻轻地撞倒了一个名叫伊瑞德卡特·安德鲁·杰克逊·阿布拉汗·桑普森的黑人老头。我已经跟他约好，要他到我们家来做些粉刷的工作。我们有一些这样的活要找人干，对吧，爸爸？”

“什么活？”斯威夫特先生问道，他觉得儿子八成是在开玩笑。

汤姆把整件事情叙述了一遍，斯威夫特先生听了之后说：“我们应该有一些活可以让伊瑞德卡特干。锅炉房里积满了灰尘，他可以来打扫一下。饭菜已经准备好了，我们走吧，不然伯格特夫人又要来找我们了。”

父子俩来到餐桌旁坐下，汤姆一边吃，一边跟爸爸说自己想对摩托车进行哪些改装。爸爸给他提了些建议，例如换掉供气杆等等。

“应该把它装在这里。”斯威夫特先生在洁白的桌布上画起图来。

“我的天哪，斯威夫特先生，你到底在干什么啊？”伯格特夫人紧张地站了起来。

“怎么了？我把茶弄洒了吗？”斯威夫特先生不明所以地问。

“没有，但你把这块上好的桌布给弄脏了，要知道铅笔印是很难洗掉的，请你在纸上画吧。”

“噢，就这事啊？”斯威夫特先生笑着说，“嗯，汤姆，我觉得应该装在这儿。”他在一个信封的背面继续画着，汤姆饶有兴致地看着他画。伯格特夫人开始收拾餐具，她一边收拾一边问：“今天是不是有客人要来拜访你，斯威夫特先生？”

“客人？没有啊，怎么会这么问？”

“刚才我看到有人走进你的工厂了。”管家答道。

“有人！走进工厂了！”汤姆惊叫着从椅子上跳了起来，斯威夫特先生也站了起来，他们飞快地跑了出去。来到院子里，他俩看到一个人从斯威夫特先生研究涡轮机的房子里走了出来。那人背对着他们，看上去鬼鬼祟祟的，似乎不希望被人发现。

“你想干什么？”斯威夫特先生喊道。

那人立即转过身来，看到汤姆和斯威夫特先生，他快速地跳到一个特别大的货箱后面。

“太奇怪了！”汤姆说，“他到底想干什么？”

“我很快就会弄清楚的。”斯威夫特先生朝那个人躲藏的地方跑去，汤姆跟在爸爸身后。两位发明家追到货箱后面，看到那人正顺着小路往外跑，一边跑，一边把一些文件揣进口袋。

“我的图纸！他偷走了我的图纸！”斯威夫特先生喊道，“抓住他，汤姆！”

汤姆在陌生人身后追着，斯威夫特先生折回厂里，查看自己到底有没有东西被偷。

徒劳无功

冲出院子，汤姆开始加速，他在屋宇间穿来绕去，四处搜寻那个胆大妄为的陌生人的身影，却根本找不到。

“他肯定没跑远，我必须在他跑进树林前抓住他。等他进了树林，再想抓到就不大可能了！”汤姆思量道。

他们家后面有一片小树林——那只是他们叫习惯了，其实那儿的树并不像真正的树林那样多。

“不知道他是一般的小偷，随便过来偷点儿东西呢，还是想窃取爸爸文件的恶棍？”汤姆一边想，一边像离弦的箭一般飞速地奔跑。

他跑出厂房区，看到一大排高高的木围栏，这些木围栏从三个方向将斯威夫特家的房子包围起来。沿着围栏或多或少地堆着一些旧货箱，跳上那些货箱就能轻而易举地翻过围栏。

“我想他已经跑到我前面去了。”汤姆想，“我要抄近路

去堵他。”

突然，汤姆被一块厚木板绊倒，重重地跌了一大跤，弄出了很大的声响。爬起来时，他竟然看到自己追的人从一个大箱子里冒了出来，像一根标枪一样朝着木围栏跑去。他跳上木围栏前面堆着的货箱，眼看就要消失在围栏的另一边。原来他刚才躲在箱子里，打算伺机逃跑，然而汤姆摔跤的声音惊着了他，所以他立刻跑了出来。

“别跑！别跑！快回来！”汤姆缓过气来，立刻追了上去。

那人并没有停下来。他跳上货箱，又小心翼翼地跳上了围栏。想从另一面跳下去并不容易，那高度足以让受过训练的运动员心惊胆战。那人回头看了一眼，汤姆看到他的面孔立即认了出来，就是自己在曼斯堡的饭店里见到的三个人中的一个。

“等等！你这么偷偷摸摸的是想干什么？”汤姆边跑边喊。那人没有回答，纵身一跃，消失在木围栏另一边。

“他跳下去了！”汤姆想，“从那么高的地方跳下去！好的，我也要跟着跳下去。一桩又一桩的怪事接连发生，这些人千方百计地想要窃取爸爸的资料。不知道这人是不是已经成功了？我想我很快就会知道！”

汤姆以一种不可思议的速度跃上货箱，他匆匆一瞥，看到那人正朝树林跑去。汤姆跳下木围栏，落地时，他的身体震颤得厉害，但他仍然竭尽所能地向那人追去。尽管汤姆体能很好，但是那人先开始跑的，又躲在货箱里休息了一阵子，汤姆却是一直在跑，所以汤姆发现，那人与自己的距离并不算小。

有一两次汤姆大声叫他停下，那人却理也不理，甚至不曾回头看一眼，于是，汤姆也就明智地节省气力不再叫喊。他全力冲刺，却还是懊恼地看着那人抢先跑进了树林。

“完了，我要跟丢了！唉，真是没什么办法了！”汤姆想。

但是他没有放弃，仍然在树林里寻觅那人的身影。树林尽头有个很大的湖，叫卡罗帕湖，有的湖区狭长，有的湖区又十分开阔。汤姆想："如果他不知道那边有个湖，就会一直跑，湖水会挡住他的去路，到时候我就可以在那边截住他了！抓到他以后我该怎么办呢？那也是一个问题，不过我想，我应该有权利知道，他在我们家附近鬼鬼祟祟地干什么！"

事实上，汤姆根本用不着为这样的事情操心。他听到那人

在前面奔跑的声音，还听到灌木丛里窸窸窣窣的摩擦声。

“我快要追上他了！”汤姆对自己说道。就在他看到波光粼粼的卡罗帕湖时，也同时看到那人从树丛里跑了出来。“我要抓到他了！我要抓到他了！”汤姆激动不已，几乎要叫出声来，“除非他跳进水里游走，不然我肯定能抓到他！”

然而汤姆没有想到的是，那人已经在湖边备好了一艘船。眼看着汤姆就要追上他了，那人却忽然加快了速度，奋力冲向了湖边，与汤姆拉开了一点儿距离。湖边正停着一艘小小的摩托艇，那人跑过去顺势跳上船，迅速地发动了引擎，此时汤姆才刚刚跑出树林。尽管他竭尽全力向湖边跑去，也已经来不及了，那人已经开动了摩托艇。

“怎么会这样？”汤姆精疲力尽的叫道，“谁能料得到他竟然已经备好了一艘摩托艇？这简直是一场精心策划的阴谋！”

追逐就这么结束了。虽然汤姆在这个湖区也有一艘小划艇和一艘小帆船，但他的船坞离这儿有一段距离，即便他能立刻乘上小艇，也不可能追得上那人的摩托艇。

“他跑掉了！”辛辛苦苦追了这么远的汤姆懊丧地想。船上的人根本不曾回头望上一眼，他驾着摩托艇，朝卡罗帕湖的宽阔水域驶去。

“这人是从哪儿来的，要到哪里去呢？”汤姆想，“在这片湖区我还从未见过这种摩托艇呢，这人肯定不是这一带的！唉，只能回家去告诉爸爸，我没办法抓到那个人。”在无可奈何地往回走之前，汤姆最后朝那人望了一眼，只见那人乘着摩托艇在湖面上渐行渐远。

赶往奥尔巴尼

“你追上他了吗？”看到儿子回来，斯威夫特先生满怀期待地问。然而，他只需要扫一眼儿子那沮丧的面孔，就已经不需要任何回答了。“没关系，幸运的是，追不上他应该也没什么要紧的。”

“他偷到什么了吗，爸爸？你的图纸？模型？”

“应该没有，至少我没发现。我的文件都在，只是涡轮机模型好像被动过。唯一丢失的只是一张无关紧要的草稿纸，幸好我把最重要的文件都放在屋里的保险箱里了。”

“可是我看到那人似乎把什么文件揣进了口袋，说不定他已经把你的图纸复印了一份。”

“的确有这种可能，汤姆，所以这事还是很让人担忧的。我想不出那人是谁，除非……”

“就是我在曼斯堡的餐馆里见过的那三个人中的一个。其中两个都曾试图来过这里，现在是第三个。他是坐摩托艇跑的。”接着，汤姆将追逐的过程详细地描述了一番。

斯威夫特先生看上去忧心忡忡，因为这已经不是第一次有人想来窃取他的发明了，而且这一次明显是精心策划过的。

“你觉得他们想做什么，爸爸？“汤姆问。

“肯定想得到我涡轮机的专利权，汤姆，我跟你说过，那些人花了很多钱去研发发动机，却失败了。为了挽回损失，他们不择手段地想得到我的发动机。我不记得有没有跟你说过，他们曾经出了一个很高的价钱想买下我的发明，但被我回绝了，因为我知道这项发明的价值远胜于此。是斯米克·凯奇律师事务所的那些律师给我出的价，我拒绝的时候，他们看上去简直失望透了。我想现在还是那些律师和他们背后的财团在搞鬼，他们挖空心思地想收买我，发现无法得逞就想直接窃取我的图纸和模型。”

“你能做些什么呢，爸爸？”

“嗯，我必须好好想想，采取些手段保护自己。‘吃一堑，长一智’，以后我会更小心的。我没想到那些人的品性竟然如此败坏！”

“你知道他们的名字吗？”

“不知道，除了我们在第一个人遗失的那张电报上看到的

那个名字，安森·莫尔斯，其他人叫什么我都不知道。现在我得好好想一想，该怎么对付那帮卑鄙无耻的坏蛋。我可能会叫你来帮忙，汤姆。”

“有什么事你随时叫我，爸爸，现在有什么我能帮你做的吗？”汤姆摩拳擦掌地说。

“现在没有，我要先想个计划。”

“那我先去改装我的摩托车了。”

“嗯，我先给我在华盛顿的律师写几封信，问问他们的意见。”

那天以及第二天上午，汤姆都在安装油门和点火杆，最后他终于满意了。接着，他在连杆上装了两个小杠杆。这些事都是在他自己的小厂房里完成的，那里有一台车床以及其他一些仪器。车床的动力来自一个小发动机，由一位年长的工程师操控，他叫盖热特·杰克逊，已经在斯威夫特先生的厂里干了很多年。他整天都跟引擎、锅炉之类的东西打交道，只有在一天的活都干完以后，他才会偶尔到外面走走。

几天后的一个下午，汤姆骑着摩托车四处闲逛，他发现这辆车的性能越来越好，也越来越容易控制了。他骑到离家大约二十公里的地方后又骑回了家，看到院子里站着一个赶骡人，身旁有辆破车，车由一头身形高大的骡子拉着，那骡子似乎正闭着眼睡觉。

“我敢打赌这肯定是飞镖。”汤姆大声说。骡子睁开眼睛，摇着耳朵往前迈了一步。

“站住，飞镖！”黑人伊瑞德卡特·桑普森从角落里跑出来喊道，“现在可不是乱跑的时候！”这时，他看到汤姆，不禁高兴地喊道：“噢，这不是年轻帅气的小斯威夫特先生吗？你帮我修好了刹车，现在就算下再陡的坡我也不用绑着绳子了！”

“好极了。你是过来干活的吗？”汤姆问道。

“没错，最近我有点儿空，心想不如过来干些活。你看，我就住在离这里大约三四公里的地方。”

“应该有适合你干的活，麻烦你先在这里等一会儿吧。”汤姆说。

汤姆去找爸爸，爸爸同意让伊瑞德卡特打扫一下鸡舍，再把鸡舍粉刷一下。伊瑞德卡特立即动手干起来。过了一会儿，汤姆从他身旁经过时，看到他已经开始粉刷鸡舍了。伊瑞德卡特看到汤姆，向他做了几个非常奇怪的动作。

“怎么了，卡特？”汤姆问道。

“唉，这些灰浆不停地顺着刷柄滴下来，不一会儿就把我的袖子打湿了，我不得不常常停下来拧干袖子。”

汤姆看了一下，发现的确有一缕缕的灰浆顺着刷柄往下淌。汤姆曾看到过橡胶做的擦窗器，他决定也依样给伊瑞德卡特做一个。

“你等会儿再刷，我先看看能不能帮你解决这个问题。”汤姆说。

伊瑞德卡特当然愿意休息一会儿，但他并没有休息多久，汤姆就回到了鸡舍。他手里拿着一个中间有洞的橡胶片，洞的大小恰好跟刷柄粗细差不多。汤姆把刷柄插进橡胶片中间的洞里，将橡胶片固定在刷柄中间，然后把刷子递还给伊瑞德卡特，让他试着刷一下。

“你给这把刷子施魔法了吗？”伊瑞德卡特将信将疑地问。

“是的，我已经下了毒咒，你试试吧。”

黑人把刷子放到桶里浸了浸，然后举起刷子刷了起来。滴落下来的灰浆顺着橡胶片滑到了地上，再也不会打湿伊瑞德卡特的袖子了。

“噢，我的老天，你这咒语实在是太神奇了！”伊瑞德卡特惊呼道，“你实在是太厉害了，以后我刷东西的时候，再也不会打湿袖子，再也不用常常停下来拧干袖子了。你可真是帮了我一个大忙！”

“小事一桩，别这么客气！我想我将来会发明一台粉刷机，那么……”汤姆说。

“千万不要！千万别这么做！”伊瑞德卡特恳切地说，“要是你发明了什么粉刷机，那我可就找不到事情干了，斯威夫特先生……”

“好吧，等你有钱了，我再发明。”

“哈哈，那你恐怕要等很久很久了！”伊瑞德卡特一边刷着鸡舍，一边笑道。

汤姆回到家，看到爸爸正在书桌前忙碌。

“噢，你回来了，汤姆？”斯威夫特先生抬起头说，“我正想找你呢！”

“什么事，爸爸？”

“我有一项非常重要的任务要交给你，你得出一趟远门。”

“远门？去哪儿？”

“奥尔巴尼。我认真思考了最近发生的事，也听取了律师的建议，觉得必须采取一些手段保护自己。你知道我的这项新研究还没完成所有专利的申请，我不想在华盛顿展示我的模型，那些无良商人说不定会动什么歪脑筋，而且当时我的研究并未全部完成，还有一个小装置需要改进。现在那个问题已经解决了，我准备把模型送到华盛顿去，完成所有的专利申请手续。”

“可是刚才你说让我到奥尔巴尼去呀。”

“没错，听下去你就明白了。我刚才收到一封从华盛顿瑞德·克罗弗德律师事务所寄来的信，信是比较年轻的克罗弗德先生写的，他说他这周会到奥尔巴尼去处理一些法律事务，可以在那里接收我的文件和模型，然后再带回华盛顿。这样的话，应该更安全一些。你知道的，我不得不小心点儿。如果我们把文件送到奥尔巴尼去，就不太容易惹人怀疑。那些阴谋家肯定在监视我们，无论是你还是我，只要去华盛顿，他们肯定会盯得紧紧的，但如果是去奥尔巴尼，他们大概就会掉以轻心。克罗弗德先生会在那里等你，我希望你后天就出发。”

“没问题，爸爸，我现在就可以出发。”

“噢，倒也用不着那么急。我还有点儿事情要安排，你不妨先到火车站去咨询一下售票情况。”

“我坐火车去吗？”

“当然，不然你还能怎么去？”

汤姆的眼睛里闪烁着兴奋的光芒，他突然想到了一个好主意。

“爸爸，何不让我骑摩托车去呢？”

“摩托车？”

“是的，通往那里的路都非常好，我一天之内就能轻轻松松地骑过去。发动机又不大，我可以把它固定在摩托车的后座上。”

“这样啊，”斯威夫特先生显得有些迟疑，这种出行方式对他来说还有些陌生，“骑车过去应该是可以的，不过你骑摩托车的日子还不长，车技并不娴熟，再说，你也不认识路……”

“我可以问的。能让我骑摩托车去吗，爸爸？”

斯威夫特先生仍然有些犹疑。

“不会有问题的！”汤姆继续说道，“一路上我肯定非常开心。再说，让我骑摩托车去，这对我们的保密工作也更有利一些。就算那些人监视我，也绝对想不到发动机模型就在我的摩托车后座上，他们八成以为我不过是骑着车出门游玩罢了。”

“你说得有点儿道理。”斯威夫特先生承认道。汤姆看到爸爸就快被自己说动了，又赶紧补充了几句，直到爸爸点头表示同意。

“这段旅程肯定会非常愉快！”汤姆说，“我要好好地检查一下我的摩托车，看看是不是所有的配件都状态良好。爸爸，把你的文件和模型准备好吧，我会帮你送到奥尔巴尼去。这下我的摩托车可派上用场了！”

如果汤姆知道自己即将面临的危机和必须冒的风险，恐怕他不会如此轻松愉快地吹着口哨检查摩托车上的每一颗螺丝和螺母的。

两天之后，一部珍贵的发动机模型被放进塑料袋里，并用防水纸包得严严实实。汤姆用别针把文件别在自己的衣服内袋里，准备启程到奥尔巴尼的酒店去跟那位律师会面。

“自己保重啊，汤姆！”斯威夫特先生一边挥手道别，一边谨慎地提醒道，“别骑得太快，时间很充裕的，没必要赶得太急。还有，最重要的就是，千万别弄丢任何东西！”

“不会的，爸爸。”汤姆朝爸爸和站在门口的管家夫人挥了挥手，然后就跨上了摩托车。他踩下油门，拉动点火杆，噼里啪啦的声音很快就被消音器所吞没，摩托车发动了，汤姆要骑着它去往奥尔巴尼。

可疑的流浪汉

虽说汤姆的父亲提醒过他没必要赶时间，但他还是忍不住把引擎开到了最大。那条路的路况非常好，是国家一级公路。那天的天气也很好，阳光暖洋洋地照在他的身上，几乎已能嗅到初夏的气息。

“太棒了！”汤姆心花怒放地说，“幸好我说服了爸爸让我骑车上路，这种感觉简直太棒了。奈德·牛顿也跟我一起来就好了，不过他肯定会说出两个他不能来的理由，一是他必须到银行上班，还有，他根本没有摩托车。”

汤姆飞速掠过路边的一栋又一栋房屋，离肖普顿和曼斯堡越来越远。他已经骑了好几公里，穿过了一个小乡镇，接下来，他将抵达的城市是申彻弗德。他打算在那里享用一顿午餐，再买上几个三明治，饿的时候吃。

“希望捆发动机的包裹没被震开。”汤姆伸手摸了摸绑

在后座上的珍贵包裹，确认包裹仍然完好。“要是这东西丢了，爸爸肯定会很难过的，还有这些文件。”他又伸手摸了摸揣在衣服内袋的文件。要下坡了，汤姆将动力调小，他新装的油门和点火杆好用极了。

又骑了两三公里，汤姆决定走一条小路。他想：“那条路沙太多了，一点儿也不好走，但却是测试摩托车性能的一次绝好机会。再说，那条路要近七八公里，虽说我不必赶路，但能省点时间也挺好的。这样我就不必骑到天黑，黄昏前就能赶到奥尔巴尼了。送完文件和模型，我可以好好地睡一觉再回去。嗯，就走那条木头路吧。”

汤姆所说的木头路，其实是条少有人走的公路，叫它木头路是因为过去那是一条把木材从森林里运送出来的交通要道。后来，林子里的树越来越少，那条路也就成了连接波普威尔和埃杰菲尔德的公路。不过，后来修了条高速公路，渐渐地，这条路也就少有人走了，尽管它比那条新路要近好几公里。

汤姆从主干道转入一条泥沙路，路旁绿树成荫，有的枝丫只比头顶略高一点儿，道路两侧的枝叶在路中间相接相连，仿佛一道绿叶搭就的天然拱顶。转入这条小路，汤姆顿觉凉爽舒适，十分惬意。

“没我想的那么糟！沙层挺厚的，但我的车还是可以在上面慢慢开。”汤姆想。事实上，摩托车行驶得很好，不过汤姆已经将动力开到了最大，因为大的橡胶胎很容易陷进沙里。他专注于轮子是否会深陷，根本没注意路上的情况，因为他认定这条路上肯定不会有什么车或人。所以当他看见一个人从浓密的灌木丛里钻出来，准备穿过这条小道时，不禁大吃一惊，忙不迭地熄掉引擎，使劲刹住车子，但车子的前轮还是将那个人撞倒在地。

“你是怎么回事？你想干什么，杀了我吗？你过来的时候怎么连喇叭都不按一下？”被撞倒的人从松软的沙地里跳起来，怒气冲冲地朝汤姆大吼。汤姆急匆匆地跳下车，发现自己撞到的是一个衣衫褴褛的流浪汉。

“真对不起。”汤姆开口道，“你突然从灌木丛里钻出来，我根本来不及提醒你。你怎么样，没受伤吧？”

“不好说。要是有什么事的话，你肯定得负全责。”流浪汉拍打着破衣烂衫上的尘灰说。汤姆有些诧异，他觉得对方说这句话的语气和神态可不怎么像流浪汉，倒像是位儒雅的绅士。尽管他先前显得不那么文雅，不过任何一个人遇到那种危险的状况，恐怕都会感到慌乱而愤怒。

流浪汉接着说：“你们这些人根本无权骑着车在路上横冲

直撞。”这些话从一个流浪汉嘴里说出来，令汤姆感到有些怪异，不过他想，对方或许是因为受了惊吓才会这么说的，因而也不觉得有什么问题。后来他回忆起这些，才想到其中必有蹊跷。他向流浪汉道歉道：“真的很对不起，但我的确不是故意的。你看，我已经尽量减速，而且……”

流浪汉质问道：“尽量减速还把我撞倒在地？我要报警把你抓起来，我相信附近肯定有警察。”

“我真骑得不快。”汤姆有些生气，自己息事宁人地道歉，对方却根本不予理睬，“我要是全速开过来，肯定会把你撞得飞出去一二十米远。”

“这么说我算是走运的？老弟啊，幸好你没把我撞飞出去。”流浪汉显出一副迷茫的模样。但汤姆可以很明显地感觉到，他在故意转变自己的口音和腔调。汤姆走上前去，认真地打量起他，对方显得有些慌乱，把脸转向一旁。就在这时，汤姆注意到对方的一根胡须看上去似乎是粘上去的，根本不像他自己的胡须。

“这人是乔装打扮过的，他肯定有什么阴谋，我该不该找个机会揭穿他？”汤姆思量着。衣衫褴褛的流浪汉继续说道：“也不能全怪你，小老弟。我没想到会有人骑着车冲过来，不然肯定会小心点儿的。我想你也不是故意把我撞倒的吧？”这次他不闪不避地望向汤姆，汤姆觉得他的声音自然了许多，又看了看对方的胡子，也不那么像是粘上去的了。汤姆有些疑心自己刚才大概是想错了。

“或许他以前是位彬彬有礼的绅士，后来落魄了才沦为流浪汉的，所以刚才他显得不那么像流浪汉。我最好不要轻举妄动。”汤姆想。于是，他对流浪汉说：“我绝对不是故意撞你的，不过刚才的确没有特别注意路上的情况，因为我想当然地认为这条路上不会有什么人，没想到会遇上一个……”汤姆顿住了，他总不能直呼对方流浪汉吧。他在心里斟酌着，不知该如何称呼这位被自己撞倒的受害者。

“噢，没事，没事，小老弟，就叫我流浪汉吧，我知道你在想些什么。流浪了这么多年，这称呼我早听习惯了。以前我家境不错，但现在我的确是一个不折不扣的流浪汉。说起来，你能不能借我点儿零钱呢，小伙子？”他走向汤姆，飞快地扫视着周围的情况。那条路偏僻极了，根本无人经过。汤姆有些不安，对方可是一个身形高大的壮汉。他倒不担心别的，只怕被抢，不仅仅是钱，他更怕宝贵的文件和模型被抢走。即便对方只是抢走自己的钱，他也不可能身无分文地到奥尔巴尼去，唯一的选择是折回家再拿点钱，那么抵达目的地的时间就会被延误。

所以流浪汉走过来的时候，汤姆十分警觉，他条件反射地改变了站立的位置，让沉重的摩托车把自己与对方隔开。如果对方袭击他，把摩托车朝他推过来，那么他也能借助摩托车采取比较有力的反击。但那个流浪汉并没动粗，反而一脸赞叹地说：“你这车子可真不赖啊！”

“噢，很普通的。”汤姆紧张地说。

“骑着它能跑多远？”

“一天跑三四百公里是很轻松的。”

“老天爷，这么厉害啊！不过我肯定骑不了那么快。说真的，能不能借我点儿零钱啊？我实在是没钱了，这两天我都没吃过什么东西。”流浪汉哀求道，那样子像极了真正的流浪汉。

汤姆不禁对他产生了些许同情，而且是自己把他撞倒在地的，怎么也该负点儿责任。他伸手去摸钱包里的零钱，另一只手仍然小心翼翼地扶着横在他俩中间的摩托车。

“你要骑车到很远的地方去？”流浪汉仔细打量着那辆摩托车说。

“去奥尔巴尼。”话刚出口，汤姆就恨不得把那句话吞回去。刚才的疑虑又回来了，不过对方似乎根本不知道那地方在哪儿，他不解地问：“奥尔巴尼？是在新泽西吗？”

“在纽约州。”汤姆一边说，一边将手里的五十美分递过去，希望转移话题。流浪汉接钱时，汤姆注意到他左手的小拇指上文了一个蓝圈。

“太感谢了，你真是个慷慨的好人！”流浪汉真诚地说，“我一定会记得你的，一定会。对了，你叫什么名字？我还不知道呢，小老弟。”

“汤姆·斯威夫特。”话一出口，汤姆又懊恼不已，后悔不该说出自己的真实姓名。流浪汉有些吃惊，汤姆觉得他好像飞快地瞥了自己一眼，但又或许只是错觉。

“汤姆·斯威夫特。”流浪汉若有所思地重复道，嗓音跟借钱时的乞求声不太一样。但他很快回过神来说：“说真的，刚才你骑得太快了，但我非常感激你帮了我。汤姆·斯威夫特，但愿你顺利抵达新泽西的奥尔巴尼。”

流浪汉转过身去，汤姆正要松一口气，却突然看到他使劲拽了摩托车一下，要不是汤姆抓得紧，摩托车都差点儿被他拽倒。面对这突如其来的变故，汤姆愣在原地，不知该怎么做。他还没缓过神来，流浪汉已经钻进了灌木丛。

“很抱歉，‘乐天哈利’——就是我，毁了你的奥尔巴尼之行！希望你下次不会再把穷人撞倒在地了！”流浪汉朝汤姆挥了挥拳头，然后就消失在了灌木丛里。

“这人太怪了吧，就跟疯了似的，但愿以后我不会再遇到他了！‘乐天哈利’？管他叫什么名字呢，我还是赶紧赶路吧！”汤姆咕哝道。

追 踪

汤姆摸了摸摩托车后座上的模型，模型仍安全地绑在那里，他又伸手去摸了摸衣服内袋里的文件。

“还好，还好，东西都在，我真怕被那家伙偷了。幸好现在不是晚上，这也算是不幸中的万幸。刚才他是想抢我的摩托车吧？抢过去了他会骑吗？”汤姆自言自语道。

汤姆把摩托车推到路边，跨了上去。他踩下踏板，往前推制动杆，想把车子发动起来。出乎意料的是，车子“一声不吭”，似乎已经“一命呜呼”。

“怪事，这车一直挺好发动的，是不是因为在沙地里，所以比较难发动？”汤姆快速踩了踩踏板，车子却一点反应也没有，他又试了一次，却仍听不到那熟悉的轰隆声，摩托车一动不动地立在原地。

“肯定是哪里坏了。”他大声说，“那家伙刚才拽了车子一下，八成把车子弄坏了。”汤姆飞快地检查起摩托车的各个部件，没多久，他就发现了问题所在：一根连接电池与发动机的电线不见了。

“是他干的，他拽掉了那根线！怪不得他最后会说那些话！那家伙根本就不是流浪汉，他乔装打扮肯定有什么阴谋。他一定对摩托车相当熟悉，否则不会知道拽这根线的。唉，可惜我没带电线，根本没办法修好它。要是我随身带点儿就好了！现在我只能把这辆车推到城里，或者把它推回家。”

在那条荒僻的黄沙路上，汤姆看看前面，又看看后面，拿不定主意该往哪边走。如果回家，他就没法按时抵达奥尔巴尼了；要是把摩托车推到波普威尔，应该能在那里找到合适的电线。

汤姆决定就这么办。他拖着沉重的步子，推着摩托车在黄沙路上行走，走了大约四百米，左边的灌木丛里突然传来一声枪响。汤姆惊得跳了起来，摩托车都差点倒在地上，因为他以为是刚才那个人朝自己开枪。他紧张地四处张望，搜寻“乐天哈利”的身影。

灌木丛里传来一阵窸窸窣窣的声音，汤姆一边在心里盘算着该如何应对，一边朝发出声音的地方望去。没多久，一个手拿猎枪的男人走了出来，他穿着一身帆布衣服，腰带上还绑着几筒子弹。

“你好！”那人热情地朝汤姆打招呼，却看到汤姆一脸警惕的神情。于是他问道：“我没有朝你这个方向开枪吧，年轻人？”

渐渐平静下来的汤姆答道：“没有，先生，我只是听到了枪声，还以为……”

“以为有人要开枪杀你？你的想象力可真丰富啊，我是朝空中放的枪。”

“倒也不是我想象力丰富，只是刚才遇到了一个不怀好意的流浪汉，所以有点儿担心。”

“原来如此。我几乎天天都到这片树林里来，却从未看到过什么流浪汉。他伤到你了吗？”

“没有，只是弄坏了我的摩托车。”汤姆简单地将刚才发生的事情说了一遍。

“噢，那可糟透了！”打猎者说，“可惜我没带电线，不能帮你的忙。我只是随便出来走走，试试我的新枪。”

“这个季节已经没什么猎物了。”汤姆说。

“倒不是为了猎物，我主要是想出来试试新枪。我什么都准备好了，今年秋天肯定能有很多收获。”说完，他又自我介绍说自己名叫西奥多·邓肯。

“你住在这附近吗？”

“嗯，我住在卡罗帕湖的另一头，距离这里约有十六七公里，不过我很喜欢在这片树林里长途漫步。以后你到瓦特福德去的话，记得来找我，斯威夫特先生，你爸爸很有名，我曾听说过他的事。”

“我会的，邓肯先生。但如果找不到电线来修摩托车的话，估计我哪儿都去不成了。”

“我很希望可以帮到你，可惜机械方面的事我简直一窍不通，但我可以帮你去追那个流浪汉……”

“噢，不用了，谢谢你。我这辈子都不想再跟那个人打交道了！”

西奥多仍然信誓旦旦地说：“要是让我看见他，应该能让他把电线还给你。我每天都拿动来动去的动物练枪法，这方面我还是有点儿信心的，哪怕这是一把新枪。”

“真的不用了，我一点儿也不愿意再见到那个人，但还是非常感谢你的好意。等我把车子推到波普威尔，肯定能想办法修好。”

汤姆继续上路。西奥多走向了树林，汤姆已经看不见他的身影了，只听到一声枪响从树林深处传来。汤姆喃喃道：“又是个怪人，但我很欣赏他！有机会去瓦特福德的话，我肯定会去找他，只要我……”事实上，在不久的将来，汤姆会与他在一个意想不到的地方再次见面。

汤姆举步维艰地推着车，同时揣测流浪汉扯断自己摩托车上的电线到底有什么目的。“他肯定是想抢走爸爸发明的那伙人中的一个，所以才想阻拦我，让我不能按时抵达奥尔巴尼。至于具体原因，我就想不出来了。”推着这么沉的一辆摩托车在黄沙路上行走可不是一件容易的事，所以没走多远，他就已经气喘吁吁。

“不管怎么说也得坚持下去，只要到了波普威尔，我就能弄到电线了。要是我不能……”就在这时，汤姆突然看到了一样让他欣喜若狂的东西。

“就用这个！我怎么没早点儿想到呢？”他惊叹道。

他将摩托车停靠在一棵树旁，然后朝路边的篱笆冲去。这里的篱笆是用带有尖刺的铁丝网做成的，汤姆很快就发现了一根断掉的铁丝。

“如果我拿走这根铁丝，应该没什么人会在意吧？”汤姆很快就用工具包里的钳子把铁丝夹了下来，又扭掉了铁丝上的小尖刺。他准备用这根铁丝来代替电线。

“必须让铁丝外层绝缘，不然震动起来会造成短路的。对了，可以用我的手帕包一下。要是伯格特夫人看到我把这么好的手帕撕坏了，肯定会很难过的，但我没有别的办法了。”

汤姆从摩托车后座抽出一块备用手帕把铁丝包起来，心想自己今晚应该能在奥尔巴尼的酒店里舒舒服服地睡上一觉。

最后他大声说：“好了，这样肯定绝缘了，现在我来把它装上去。”

汤姆立刻拿出工具干起来。装好后，他测试了一下，发现运行得很好。他收好东西，跳上摩托车，车子很快就发动起来了。

听到熟悉的轰隆声，汤姆高兴地喊道：“太好了！‘乐天哈利’肯定以为我不可能及时赶到奥尔巴尼，现在问题解决了，不过那家伙的确让我烦了好一阵子！”

骑到波普威尔，汤姆到一家配件店买了根铜丝，换下了那根从栅栏上夹下的铁丝。调整好以后，他又骑着摩托车上路了。接近中午时，他出了波普威尔，在一汪泉水边吃了一个三明治，喝了一点儿冰凉的泉水，然后朝申彻弗德进发了。

到了申彻弗德，汤姆听到身后传来了汽车行驶的声音。他靠向路边，想让那辆车从路中间开过去，却迟迟没有听到汽车加速的声音。他回头去看，发现车里的人似乎有问题想问自己，于是他把车停了下来。

“请问这条路是去申彻弗德的吗？”坐在车里的一个人问道。

“没错，一直向前开就是了。”汤姆答道。

听了他的话，坐在那辆敞篷车后座上的一个人倾着身子对前面的人耳语了几句。坐在前座上的人一边点头，一边目不转睛地看着汤姆。汤姆也认真打量着车里的人，但他们都戴着大大的墨镜，汤姆根本看不到他们的面容。

“离这里有几公里？”刚才低声耳语的人问道。汤姆觉得他的声音十分熟悉，似乎在哪里听到过。

“三公里。”汤姆看到那人又对车里的人小声说着什么。

“谢谢你。”开车的人说，然后他发动了引擎。车子开走前，汤姆注意到车里有一个人的墨镜滑了下来。汤姆看到他的面容，不禁惊呼道：“安森·莫尔斯！这肯定是想溜进爸爸工厂的那个人，要不就是他的孪生兄弟！这些人又想动什么歪脑筋？我一定得万分小心才行！”

汤姆看着车子消失在路的尽头，才慢慢发动了摩托车。一路上，疑惑与戒备在他的心中慢慢发酵。

暴风骤雨

汤姆越想解开心中的疑团，越觉得迷惑不已。事情似乎越来越复杂，无论是问路的这几个人，还是刚才那个“流浪汉”，都表现得十分诡异。他越想越头疼，直到看到山谷对面的高楼，才知道自己已经到了申彻弗德。他突然想：“我要去好好地吃一顿，说不定吃完后，我的思路会更清晰一些，爸爸遇到发明上的困难时总是这么做的。”很快他就在一家饭店里坐下来，点了一大桌子好菜。吃完以后，他想：“我不要再想这些理不清的事了，还是赶紧到达奥尔巴尼，把这些事告诉律师克罗弗德先生，再问一问他的意见好了。”

做出决定以后，汤姆感到舒服多了。“就该这么办，有些事情是需要找人分担的。让律师去操心吧，这是他们的职责。快点儿到奥尔巴尼，除了吃晚餐，希望路上不会再有什么耽搁我的事了。晚上还得赶点儿夜路，还好我的车灯很亮，接下来的路况也比较好。”

汤姆再度上路。结实的碎石路面非常平整，汤姆风一般地飞驰向前。

“这路可真不错！我应该不会太晚到达，后面肯定没什么事会耽搁我了。”

汤姆抬头望望天空，之前一直光芒四射的太阳这会儿躲在了一团云的后面，天立刻阴了下来，汤姆感到舒服极了。

“噢，夏天真是太美好了，要是明天下雨我也不会吃惊的。”

汤姆对自己说。

骑了一小段路后，汤姆又抬头看了看天空，发现的确是要下雨了，不过现在下雨对他来说可不是一件好事儿。西边一大团黑沉沉的乌云在低矮的空中飘浮着，一看就知道这雨肯定不会小。

“这雨眼看就要下了，我得赶紧找个躲雨的地方。”转眼间电闪雷鸣，一场夏天里突如其来的雷阵雨就要来了。风大极了，一小团乌云已经飘到了汤姆头顶，“这绝对是一场大暴雨，想赶路是不可能的，我肯定要很晚才能赶到奥尔巴尼了。”

几滴雨已经落在了他的手上，他仰起头，看看天，雨点也落到了他的脸上。雨点大滴大滴落到地上，砸出一个个小泥坑。

“我要骑到那边的大树下躲一躲，等……”汤姆正想着呢，就看到一道闪电，接着他听到了一声震耳欲聋的响雷。他咕哝道：“树底下不行，雷雨天站在树底下太危险了。我到哪里去躲雨呢？”

他仍然全速行进，转弯时倾着身子尽量保持平衡。就在暴雨倾盆前，他看到了一条乡间小道。小道的尽头有一座白色的小教堂，那里有一排长长的牲口棚，村民们做礼拜时喜欢把牲口拴在那里。

“太好了，太及时了！正是我想找的地方！”汤姆喊道。

他骑着车转上那条通往教堂的小道，很快就在牲口棚边停了下来。牲口棚很长很宽敞，正是一个躲雨的好地方。幸运的是，他刚到棚下，雨就大了起来。

汤姆尚未湿透，他看了看绑在后座上的模型，因为包得很好，模型也没被淋湿。接着，汤姆又看了看自己的摩托车。

“一切都安然无恙。在这里闲着也是闲着，我就给车上点儿油吧。雨这么大，肯定下不了多久的。”汤姆喃喃道。

说罢，汤姆就围着摩托车忙碌起来，他先调紧一颗松掉的螺丝，又给传送带上了点儿油。雨一直噼里啪啦下着。修好车，汤姆直起身来望向远方。

“这雨到底要下多久啊？唉，这次出门可真够倒霉的，希望我的好运气赶紧回来吧！”

迷蒙的大雨中，他突然看到有辆汽车开过来。那是一辆敞篷车，车上的三个人正蜷缩着用一块毯子挡雨，然而雨太大了，那块毯子根本挡不住。汤姆说：“他们应该到这里来躲一躲，这里绝对躲得下。不知道他们看到没有，我叫一叫他们吧。”

那辆车刚好开到这条小道与大路的交叉口，汤姆正要张口

叫他们时，突然看到车上的一个人抬起了头。那人看到牲口棚后对司机说了一句话，司机立刻转弯，朝着可以避雨的牲口棚开了过来。就在这时，坐在后座上的两个人看到了汤姆。

“这辆车跟我刚刚看到的那辆车一模一样，车上坐的就是那几个对爸爸的专利图谋不轨的人，我希望他们……”汤姆自言自语地说。

他还没说完呢，那辆车又转回到了大路上，显然是不打算到这边来躲雨了！

“这太奇怪了！他们肯定看见我了，而且一看见我就走，连雨都不躲了。他们很怕我吗？”

他走到牲口棚边眺望，那辆车早已消失在大雨中。汤姆忍不住摇了摇头，似乎想把所有的疑惑都甩掉，然后他缓缓回到自己的摩托车旁。

“越来越扑朔迷离了！我很肯定，就是那帮人，可是……”他耸耸肩，事情已经复杂得超乎他的想象。

偷 袭

大雨依然如注，风似乎更大了，即便是躲在宽宽的棚下，汤姆也很难找到一个完全不被雨淋到的地方。他推着摩托车退到角落里，在一个马槽下面的木头上坐了下来，开始思考自己面临的问题，但只想了一会儿，就觉得烦躁不安。他望着远方朦胧的景致说："这雨是不是永远都不会停了？应该只是一场夏天里的雷阵雨吧，看上去却像要下个没完没了似的。唉，老天的事我想也没用，那不是我能决定得了的。我还是放松点儿吧，现在也没有别的办法了。要是六点能到福德汉姆的话，九点就应该能到奥尔巴尼，因为只有六七十公里路程。我可以在福德汉姆吃顿晚餐再上路，但前提是雨得停了，否则我哪里也去不了。"汤姆站起来，走到棚边向外望去，然后自言自语地说："西边似乎亮了点儿。没错，乌云就要散了，天就要晴了。不管怎么说，这就是一场来去匆匆的雷阵雨。"谁知他说完这句话，风雨突然变得更加猛烈了，又把他赶回了马槽下。

温度越来越低，汤姆觉得后背冷飕飕的，他转身看了看，发现棚壁上缺了几块木板。

“要是我能找到更干一些的地方，也不会躲在这里，但这的确是目前最好的躲雨之处了。”他继续坐在那里，思考着各种事情。突然，他似乎听到了汽车开过来的声音。“是那些人又过来了吗？如果是的话……”

汤姆站起来，朝着棚口走去，却什么都没看到，于是他又回到原地躲雨。毫无疑问，这雨就要停了。汤姆看了看表，开始计算自己到达奥尔巴尼的时间。

他想得十分投入，压根儿没注意周围的情况，不知道背后的草丛里有一个身影正在向他悄悄靠近，也看不到那辆停在牲口棚后面的车。车里坐着两个被雨淋得湿透了的人，他们焦躁不安地盯着草丛里那个偷偷摸摸的人。

汤姆把表放回口袋，又看了看天气。雨快要停了，太阳在云层背后绽放出微弱的光芒。汤姆伸伸懒腰，又打了一个哈欠，坐了这么久，他都乏了。就在他举起胳膊舒展身体时，一根长长的木棒突然从他背后墙壁上的破口伸过来，打在了他的头上，他立刻晕倒在地，失去了知觉。那人焦急地俯下身子去

看汤姆，又对坐在车上的两位同伴打了一个手势，那两人立刻下车跑了过来。

“他已经被我打晕了。”用长棍击打汤姆的人说。

“打晕了！我看你自己都晕了吧，费瑟顿！”一个穿得比另外俩人都好的人说，“你把他打死了？”

“没有。能不能别提我的名字，艾普森先生，我……我担心……”

“别废话了，费瑟顿，这里根本没人能听到我们说话。我担心你是不是已经把这个小伙子打死了，我可不希望他有什么三长两短。”

“噢，我看费瑟顿会掌握好分寸的，艾普森。”另一个人说道，“毕竟他以前有过这方面的经验，是不是啊，费瑟顿？”

“是的，莫尔斯先生，不过能不能请你别提到……”

“行了，费瑟顿，我明白你的意思。”被称作莫尔斯的人说，“看看这回我们还会不会空忙一场。我想这小子手里肯定有我们想要的东西。”

“看样子不在他身上。”艾普森一边小心地翻查汤姆的衣服一边说。

“应该不在，那东西可不小，八成在他的摩托车上。走吧，去看看他的摩托车后座上有没有。天哪，费瑟顿，我看他就要醒了！”

汤姆挣扎着挪动自己的胳膊，嘴唇微张地呻吟了一声。

“我有办法！”负责开车的费瑟顿喊道。他从口袋里掏出了什么东西，然后在汤姆旁边俯下了身子，汤姆立刻又晕了过去。

“现在动作快点儿，看看东西是不是在那里。”莫尔斯说完，艾普森急匆匆地冲向摩托车。

“就在这里！把它拿下来，然后我们就走吧！”他兴奋地喊道。

“你就把他丢在这里吗？”莫尔斯问。

“是啊，不然怎样？”

“刚才说不定有人看见他到这里来了，也看到我们到这里来过。”

“你打算怎么办？”

“带着他一块儿走，到合适的地方再把他放下去。找个村子附近的小棚子，最好在我们跑远前，没人能发现他和他的摩托车。但我不想把他丢在太偏僻的地方，他还晕着呢。”

“嗬，你这人心可真够软的！”艾普森嗤笑道，“好吧，就这么着吧。奇怪，杰克·伯克跑到哪里去了？他不是要跟我们在申彻弗德会面的吗，到现在连个影子都没见着。”

“噢，他穿着那身破烂衣服，不出岔子才怪呢！我劝他别穿那套衣服，他却说自己以前扮过流浪汉，有经验呢！”

“他的确扮过，而且扮得很好。辛普森，能不能请你……”

“不是辛普森！我们说好了的，称呼我费瑟顿。”司机转身对莫尔斯和艾普森说。

“噢，对。我差点儿忘了，上次遇到这小子时，我在他面前叫过你辛普森。”莫尔斯说，“好吧，就叫你费瑟顿。时间可不多了，雨已经停了，路很快就会干的，我们赶紧走吧。我们还得把他和他的摩托车送到没人的地方去，就不等伯克了，相信他肯定能照顾好自己的。不管怎么说，我们现在已经拿到了模型，他也不必再偷偷摸摸地溜进斯威夫特先生的厂里去偷了。艾普森，你和辛普森……我是说费瑟顿，你们俩把小斯威夫特抬到车上去，我把那辆摩托车也推过去。”

那两个人从洞口探出脑袋看了一下，确保周围没人，才去将沉沉的汤姆抬上车。莫尔斯跟在他们身后推着摩托车，右手胳膊下夹着宝贵的模型，喃喃道：“这次我们总算抢在斯威夫特先生前头了！”来到他们的车子旁，他又扯了扯自己的胡子，然后说：“我们终于拿到了想要的东西。”

艾普森说：“是啊，可我们也花了不少力气。这次是运气好，不然我们还得跟在后面到处找他，说不定就跟丢了。快点儿，辛普森……费瑟顿，时间不多了，我们还有很多事要做呢！”

司机跳上车，艾普森在他身旁坐下，后排坐着用力拔胡子的莫尔斯和昏迷的汤姆，摩托车则被绑在车子后面。车开了，暴风雨已经停了，阳光开始闪耀，可汤姆却无法睁开眼睛来欣赏了。

苏醒之后

几个小时后，汤姆做了一个非常奇怪的梦。他梦见自己在北极游荡，冻得浑身发抖。他在梦里想，自己怎么可能去北极呢？但寒风的确飕飕地吹在他单薄的衣衫上，将他吹得瑟瑟发抖。他抖得太厉害了，厉害到醒了过来。周围黑漆漆的，但他非常吃惊，因为他能感觉到这是一个完全陌生的地方。

寒冷与黑暗笼罩着他，他还觉得头有些晕。他突然感觉自己身上有股很奇怪的味道，努力地思考了一阵，终于分辨出那是氯仿的味道。那是一种能让人麻痹昏迷的药剂，他爸爸动手术时曾用这种药来减轻痛楚。

“有人用氯仿来麻醉我！”汤姆惊叫道，他觉得自己的声音听起来非常陌生，“没错，我肯定是骑摩托车的时候出了车祸。我的头这么痛，一定伤得不轻，有人救了我，还把我送到医院来做手术。天哪，不知道我有没有被截肢？我现在是在哪

家医院？怎么这么冷，又这么黑？”

他问自己这些问题的时候，渐渐感觉清醒多了。他先动了动一只胳膊，又动了动另一只，很高兴地发现两只胳膊都在。接着，他又去摸自己的腿。

“都好好的啊！”他不解地说，“那我身上为什么有股氯仿味呢？这绝对是氯仿味，我不会弄错的。我的头也好痛，就像有个人坐在我头上似的，我觉得……”

他突然抬手去摸自己的头，头上并未缠着绷带，只是后脑勺有个大大的肿包——是那根木棒打出来的。

汤姆感觉更迷惑了：“这是怎么回事？我到底在什么地

方？这是个问题……这医院可真奇怪，又黑又冷……”就在这时，他的手突然触碰到了自己所躺的冰冷地面。

“我怎么在室外！”他惊声喊道。刹那间他想起了昏迷前的所有事情，想起自己当时正在教堂旁的棚子里避雨。

“我睡着了，一直睡到了半夜。”汤姆想，“难怪现在浑身又僵又疼。可是这氯仿味……”他弄不清是怎么回事，一头雾水地愣在原地。接着，他一下子坐了起来。他的头晕得要命，但仍勉强站了起来。他在黑暗里摸索着，感觉什么也看不清。这时，他想起自己口袋里有包火柴……微弱的火光照亮了四周，他不禁大吃一惊。“这绝不是教堂旁的那个棚子，这里要小得多！我怎么在这里？天哪，到底发生了什么？”火苗烫到了他的手，他赶紧把那根火柴扔了。瞬间四周又黑了下来，汤姆却感觉依稀能看清周围的环境了。这是一个半开放式的棚子，跟刚才自己躲雨的那个棚子很像。寒冷的夜风吹拂着，点点星光在天空中闪烁。

“我的摩托车！”汤姆突然惊叫道，“还有我爸爸的模型，还有那些文件！”他立刻伸手去摸自己的衣服内袋，却什么也没摸到。他急匆匆地又划亮了一根火柴，飞快地环顾了一圈整个棚子，却没有看到自己的摩托车。

汤姆的心往下一沉。他已经很小心了，东西却还是被抢走了。那么宝贵的模型，由他负责送去奥尔巴尼的模型！爸爸知道了会怎么说？

他又划了一根火柴，在棚子里快速地巡视了一遍，还是没有找到自己的摩托车。汤姆感到困惑极了，自己究竟是怎么从教堂旁的那个小棚子来到这里的呢？醒来的时候还感觉这么昏沉沉的。

“让我来好好想一想。”他大声说道，似乎这样能让自己感觉好一点儿，“我记得那时我看到了那辆汽车，车里坐着那些鬼鬼祟祟的人，很快那辆车就开走了。后来我依稀听到了车声，却没看到车的踪影。再后来我坐在马槽下面的木头上，然后……然后……接下来的事我就想不起来了。是不是那些人……”

汤姆顿住了。他突然明白，让他身处如此困境的正是那帮人。他们让他失去了知觉，偷走了他的摩托车、文件和模型，又把他送到这个地方。汤姆擅长推理，很快就想出了自己昏迷的原因和经过，后来证明他想的一点儿也没错。他想到了自己被谋害的所有过程和细节，知道那些人肯定是偷偷摸摸地躲在棚后偷袭了自己。

“好，接下来要解决的问题是，我到底在哪里？那帮歹徒究竟带着我走了多远？还有，我的摩托车到底在什么地方？”

他向前走去，在棚子边缘处抬头看了看闪耀的星光，然后又划了几根火柴，希望能看到自己的摩托车。微弱的光芒让他知道自己所在的地方是一个农家院子。疑问仍然在他脑海里打转：自己究竟在哪个城镇或村子？直到他听到一个声音喊道：“嘿，你划那么多火柴干什么，想把这里都烧了吗？你是什么人，流浪汉吗？”

喊话的人无疑是位农夫，汤姆能听到他跑来的脚步声。那人又说：“你到底是什么人？如果你是个流浪汉，我马上就叫警察来。”

汤姆回答道：“我不是流浪汉，只是遇到了一点儿意外。

我在什么地方？”

“哼，你连你自己在什么地方都不知道！”农夫说，“杰德，去拿盏灯，我来看看这是个什么人。”

“好的，老爸。”另一个声音说道。接着，汤姆看到一个个子高高的人来到了自己面前。

“用不着等灯拿来，我就能让你看到我。”汤姆飞快地划燃了一根火柴，幽幽火光映照着他的面庞。

“噢，是一个年轻小伙！你是什么人呢？为什么会在这里？”农夫问道。

“我也想知道自己为什么会在这里。”汤姆抬手摸了摸依然很疼的脑袋，“这里离奥尔巴尼近吗？我今天早上动身要去那里的。”

“奥尔巴尼？这里离奥尔巴尼还远得很呢！”农夫答道，“这里是达卡克村。”

“离申彻弗德有多远？”

“一百二十公里吧。”

“这么远！”汤姆惊叹道，“他们肯定开车带了我一大段路。”

“你是从那辆汽车上下来的？”农夫问。

“哪辆汽车？”汤姆立刻追问道。

“晚饭前我看到有辆汽车开过来，不过我没在意。如果我知道你从车里掉了下来，肯定会过来帮你的。”

“我不是掉下来的，嗯……您是……”汤姆说道。

“我叫布莱克福德，阿摩司·布莱克福德。”

“布莱克福德先生，我不是掉下来的，是被迷晕了以后送到这里来的。”

“迷晕！我的老天爷，这么说是有违法犯罪的事情发生了？杰德，快把灯拿来，把你的副治安长徽章也戴上。有人被迷晕了，肯定有罪案发生，我已经发现一位受害者了。快点儿！——我儿子是副治安长。”农夫说。

“希望他能帮我抓到那几个偷我东西的恶棍。”汤姆说。

“他们偷了你的东西？快点儿，杰德，有人的东西被偷了。我们得在这一带好好搜查，把那些恶棍找出来。快点儿啊，杰德！”

“比起找那些人，我更想找我的摩托车，上面有一个无比宝贵的模型，还有我藏在身上的文件。”汤姆简单讲了讲自己要去奥尔巴尼的事，以及自己推测出的遇袭过程。布莱克福德先前看见的情景恰巧也证实了汤姆的推测没有错。

农夫的儿子拿着灯和徽章跑了过来。农夫说道：“我了解的情况是，大约吃晚饭的时候，我看到一辆汽车开了过来。那时天色已经暗了下来，我看到有人下车，但没太在意，当时我正忙着挤牛奶呢。再后来我看到有人在我的马车棚里划火柴，就过来看看究竟。”

“那些人把我从申彻弗德附近的一个教堂旁的棚子里一路带到了这里，然后把我放在你的马车棚里，说不定他们把我的摩托车也留了下来。”汤姆说。

“摩托车？这名字我从未听过。”农夫说，“是下面有两个轮子，然后人坐在中间的那种车吗？”

“没错。”汤姆说，“希望你们能帮我找一找。”

农夫和他的儿子同意了，他们提着灯四处搜寻。半个小时后，他们在路旁的一片灌木丛里找到了摩托车，距离那辆汽车曾经停车的位置不算太远。然而车上的模型已经不见了，他们在发现摩托车的地方仔仔细细地找了好久，既没有找到汤姆遗失的东西，也没有找到任何线索。

搜寻无果

“我们要组一支搜查队。”杰德·布莱克福德宣布，他和他爸爸、汤姆还有他爸爸雇来的一个人已经提着灯在那条路上来来回回地找了半天。“我们要组织一支武装调查队，定时定点地进行搜查。这是我们这个地方这么多年来最严重的罪案，我一定会追查到底，将那些犯罪分子绳之以……”

“别胡说八道了，杰德！”杰德的父亲忽然打断他说，“你这辈子也不可能抓到他们的！他们这时候早就开着车逃到千里之外了，你唯一能做的事就是去报告治安长。我们还是好好招呼这位年轻人吧，你好像说你叫奎克[1]，是吗？”

“不，但意思差不多。”汤姆笑着说，“我叫斯威夫特。”

“对，我记得是速度很快的意思。”布莱克福德先生

---

[1] 在英语中，斯威夫特（swift）有“快”的意思，奎克（quick）也有“快”的意思。——译者注

说，“现在不如到我们家去喝杯热茶吧，你看上去简直疲倦极了。”

听到这样的邀请，疲惫不堪的汤姆当然求之不得。很快，他就舒舒服服地坐在农夫家的厨房里，十分详细地讲述了自己的经历。布莱克福德夫人拿来了一些自己做的药膏让汤姆敷在头上，敷过之后汤姆感觉舒服多了。喝完两杯茶，汤姆说：“我想去看看我的摩托车，检查一下有没有被那帮人弄坏。要是被他们弄坏可就麻烦了，我都没法赶回家告诉爸爸这些倒霉事！唉，可怜的爸爸，要是他知道模型和专利文件都被偷了，肯定会难过得不得了。”

“这真是太糟了！”布莱克福德夫人感慨道，“要是能找到那些歹徒就好了！”她那温柔的面容上眉头紧锁，“你当然可以去检查你那辆摩……托车，不过别在这里吧，那声音实在太吵了！”

“不会的，我到柴房里去检查。要是没问题，我就可以马上回家了。”汤姆说。

“不，你不能这么做。”布莱克福德先生说，“你的身体还没恢复，根本不适合出行，说不定会晕倒在路上的。现在都快十点了，今晚你就在这里住一宿，等明天一早你觉得好些了再上路吧，我可不能让你今晚就走。”

事实上，经历了这么多的事，汤姆也不想再赶夜路了，他的头还很痛，残留在身体里的氯仿仍然让他昏昏欲睡。布莱克福德先生帮他把摩托车推进与厨房相连的柴房里，汤姆就在柴房里检查起自己的摩托车，他很高兴地发现车子一点儿问题也没有。这个时候，杰德正在对附近的村民讲述这桩骇人听闻的罪案，他带领大家提着灯在路边搜寻，但仍然没有找到什么线索。

回来后，他总结说：“明天早上我们就会抓到他们的！再让我见到那辆车我一定认得出，那辆车是红色的。”

“红色的车多了去了。”汤姆笑道，“只掌握这么点儿信息是很难找到那辆车的。有件事我有点儿想不通，他们为什么不把我的摩托车一起带走呢？这车挺值钱的！”

“他们不敢。”杰德说，“汽车后面带着这么一辆摩托车，肯定很引人注目。晚上在黑漆漆的乡村公路上自然是不要紧的，但他们肯定要开到城里去，到时候难免惹人怀疑。我已经当了一年副治安长，这些事还是明白的。”

“我相信你说得对。”汤姆说，“他们不敢把我的摩托车带走，只好把它藏起来，希望我找不到。唉，有再多的摩托车又怎么样？我更愿意找回我的模型和文件！”

“或许警察会帮你找回来的。”布莱克福德夫人说，“杰德，明天早上一起来你就打电话报警，绝不能让那些罪犯逍遥法外。要是老实人做了什么坏事，肯定一早就被抓了，那些坏蛋却可以为所欲为！”

“等着瞧，我会抓到他们的！”杰德自信满满地说，“明天早上我要再组一支调查队。”

“好了，我只知道，现在这位年轻人应该上床休息了。”布莱克福德夫人慈爱地催促汤姆赶紧休息。汤姆在床上翻来覆去，为丢了模型和文件而心烦意乱，但是疲倦很快侵袭而来，不一会儿他就沉沉睡去。再睁眼时，窗外已经阳光明媚。吃了顿美味可口的早餐，他感觉自己又恢复了活力。接着他往摩托车走去，准备骑摩托车返回肖普顿。

“希望你找到那些罪犯。”布莱克福德先生看着汤姆给摩托车上油时说，“以后你经过这里时，记得过来看看我们！”

“是的，一定要来哦。”布莱克福德夫人说，她正准备开始搅拌奶油。布莱克福德先生看着那个装满奶油的老式木桶和搅拌器，有些惊讶地问：“怎么不用那个新桶呢？”

“已经坏了。那个桶的确比旧桶好用，但特别容易坏。”布莱克福德夫人说。

“让我看看吧！我懂一点儿机械方面的事情。”汤姆说。

由很多齿轮和一个手柄组成的奶油搅拌桶被抬进了柴房，

汤姆很快就找出了问题的根源：其中一个齿轮偏离了原位。不到五分钟他就用摩托车上的工具将其扳回了原位，搅拌桶又可以用了。

“噢，天哪！”布莱克福德夫人忍不住惊呼，“你的手实在是太巧了！”

“并非我的手巧，这只是一点儿小问题罢了。”汤姆谦虚地说，“在这里加一个小插片，这个齿轮就不会再松动了。生产的时候就该这么做的，我看很多人都会遇到这种麻烦。”

“没错！”布莱克福德夫人认同地说，“莎莉·阿姆斯壮的桶也是这样，她才买回去一个星期就坏了。我要给她看看我这个桶，或许她丈夫能照着样子帮她修好。”

“要不是我要赶着回家，肯定会帮你们都弄好的。”接着，汤姆告诉他们应该在哪里放一块小铁片，那个齿轮就不会再松动了。

“这太简单了！”布莱克福德先生说，“祝你一路顺风，斯威夫特先生。要是我再见到那些歹徒，一定会让他们为自己做过的事情后悔不已。”

“他们一定会后悔的！”杰德补充道，他正在用一块红色的大手帕擦拭自己的徽章。

布莱克福德夫人开始用汤姆帮他修好的新桶做奶油了，看到汤姆跨上摩托车，她一只手握着搅拌桶的手柄，另一只手挥舞着向他道别。

“现在赶紧回肖普顿去告诉爸爸这些坏消息。”汤姆全速驾驶着摩托车，说道，“这次出门可真是倒霉透了！”

绝　望

汤姆一边骑着摩托车在路上狂飙，一边在脑海里思考着那些事情，没多久，他就已经赶了一半的路程。接着，他在一个小镇子上吃了午餐。“不如我去问问这里的警察，看看他们有没有见过那些人。”汤姆在餐馆里吃完饭后想，“不过我想他们肯定到奥尔巴尼去了，或者去了他们总部所在的大城市。他们肯定想尽快利用爸爸的模型，怎么用我就不知道了。”他试着给爸爸打了一个电话，但电话没能打通，因为线路坏了。

汤姆停下来吃午餐的这个小镇里的警察局就跟这座小镇一样不起眼，警察局长看起来一点儿也不像。他已经听说了汤姆遇到的事，消息是从达卡克村传出来的，就是布莱克福德先生居住的那个村子。

“别跟我说你就是被迷晕然后东西被偷走的那个小伙子！”警察局长打量着汤姆，看上去压根儿就不相信汤姆所说的话。

“我就是那个小伙子。”汤姆说，“你们发现那些贼的踪影了吗？”

“还没有，不过我已经跟我的手下都说了，叫他们密切留意一辆红色的汽车，车上有三名歹徒。我的手下一看见就会立刻逮捕他们的！”

“你有多少手下？”

“两个！”对方的回答着实让人吃惊，“不过其中一个白天要在农场里干活，所以实际上只能算一个，但他肯定会全力以赴的。”

汤姆拼命忍着不让自己笑出声来。不管怎么说，这位上了年纪的警察局长也是一番好意。

“我的一个手下曾见过一辆红色的汽车，就在你来我办公室之前。”警察局长继续说道，“不过肯定不是我们想找的那辆车，因为车上只有一个年轻女人。我简直不敢相信，那女人竟敢独自一人开着那种危险的东西在街上跑，你说是不是太可怕了？”

“噢，这不算什么，女人们也可以把车开得很好。”汤姆说。

“我才不相信呢！要找到那样的女人恐怕比找到你骑的那

种两个轮子的车还要难。”警察局长指着汤姆停放在一棵树下的摩托车说。

“说不定哪天我会找到一个！”汤姆说，“不过现在我还是赶紧赶路吧。这是我的地址，要是你查到什么的话请跟我联系，虽然我不抱任何希望。”

“我也是，那些狡猾的人肯定早就溜之大吉了，绝不会跑回来让我的人逮到。晚上执勤的时候，两个手下都跟着我，”警察局长骄傲地说，“所以你看，我们这里的治安是很好的。”

汤姆向他道谢后又上路了，他焦急地穿过一条条静谧的乡间大道，希望能快些回到家，跟爸爸商量接下来的对策。

离家仅有一两公里时，汤姆看到前面有辆破破烂烂的四轮马车。再细看，他发现那肯定是伊瑞德卡特·桑普森的车，因为拉车的动物是那头独一无二的骡子——飞镖。

“卡特到底在那里干什么呢？”汤姆喃喃道，因为那个黑人没坐在骡车上，而是在路旁的草地上以一种非常奇怪的姿势来来回回地走动。“大概是丢什么东西了吧。”汤姆想。来到近处，汤姆看清伊瑞德卡特在做什么了，他正在路旁繁茂的草地上吃力地推一台除草机。听到摩托车的声音，黑人抬起了头，看到从车上下来的人竟然是汤姆，他显得非常惊讶。

“你在做什么，卡特？”汤姆问。

“小斯威夫特先生？噢，我要做的事情简直做也做不完，主要是因为我被人骗了！”

“被骗？怎么回事？”

“呃，是这样的，你看到这台除草机了吧？”

“嗯，这机器根本没运转啊！”汤姆瞟了一眼除草机后说。伊瑞德卡特推着除草机在草地上来来回回地走，然而除草机的叶片根本没转，只有轮子因为推力的作用在草地上滑动。

“没错，所以说我被骗了。斯威夫特先生，这是我用旋转磨石跟别人换的，可是我被骗了！”

“什么？那块已经裂成两半，又被你用水泥固定起来的旋转磨石？你说的不会就是那块又旧又破的磨石吧？”汤姆问。他曾见过那块磨石，在没有粉刷、清洁之类的活干的时候，伊瑞德卡特常带着那块磨石到处转悠，帮人磨剪子和菜刀。

“就是那块，斯威夫特先生。怎么了，那块磨石挺好的啊，破的地方我都已经修补好了，只要动作慢一点儿，完全可以把刀磨得很锋利。可是这台除草机根本就用不了！”

“我觉得这项交换还是挺公平的，把那块磨石换给别人，你也吃不了什么亏吧！”汤姆说。

“你能不能帮我把这台除草机修好啊，斯威夫特先生？”伊瑞德卡特问道，他已经不打算就刚才的问题继续争辩下去了，“我想着夏天到了，除草机应该比磨石更有用，但至少得是能用的除草机吧！所以我在这里试来试去，但这台机器就是用不了。”

“我没什么时间，”汤姆说，“我着急赶回家，不过还是帮你看一看吧。”汤姆把摩托车扶到栅栏旁停好。他对机械制品有种不可思议的爱，就算有十万火急的事情要做，看到坏掉的机器，他还是忍不住要去修理，就像一些体育爱好者看到一场棒球赛就必须把比赛看完一样。汤姆太喜欢机器了，无论是除草机还是蒸汽机，对他来说都有着莫大的吸引力。伊瑞德卡特高兴地退到一旁，汤姆刚握住除草机的把手，就明白问题出在了哪里。

“这轮子曾被人拆下来过，但后来装反了。卡特，棘爪的位置反了，说不定反着推倒可以用。”

“就这个问题吗，斯威夫特先生？”

“是的，只要把棘轮拆下来，再把棘爪的位置换一下就可以了。”

“我……我从来没听说过除草机还有‘保罗’[1]这么个名字！大家都知道这名字吗？”伊瑞德卡特不解地问。

“噢，不是保罗。”汤姆不禁笑出了声，“拼法不一样的，棘爪是带动棘轮做单向运动的零件。等一会儿吧，我很快就会帮你修好的。”

汤姆修得很快。他娴熟地用扳手拆下除草机的两个大轮子，然后调换棘爪的位置，几分钟后就把除草机装好了。这台机器又可以用了，只是刀片有点钝。

“拿去吧，卡特。”汤姆说。

“你简直在创造奇迹！”黑人万分感激地说，“为了报答你，整个夏天我都会来帮你们家除草，斯威夫特先生。”

“噢，别这么客气，我也没做多少事，卡特。”

“你把我从被骗的困境中拯救了出来，斯威夫特先生，我真的太感谢你了。”

“从你这里换去那块烂兮兮的磨石的人怎么样了，卡特？”

“噢，只要他小心翼翼地用，磨石肯定不会碎开来的，但他太慌了，一点耐心都没有。现在我觉得这场交易还是挺公平的，斯威夫特先生。”

---

[1] 棘爪（pawl）与人名保罗（Paul）在英文中的发音是一样的。——译者注

“那当然了！”汤姆笑着说道，“再磨一下刀片，卡特，你就可以开始除草了，夏天马上就要到了。”汤姆跨上自己的摩托车，如同离弦的箭一般飞驰而去。

他是在图书馆找到爸爸的，当时爸爸正在读一本科学书。看到汤姆出现在自己面前，斯威夫特先生吃惊地说：“你这么快就回来了？速度可真够快的！你把模型和文件交给克罗弗德先生了吗？”

“没有，爸爸，昨天都被人偷走了，就是那帮恶棍，他们偷走了你的模型。我给你打过电话，但不知道是线路坏了还是什么原因，最后没能打通。”

“什么！”斯威夫特先生惊叫道，“天哪，汤姆！这可太糟了，如果不能把文件和模型拿回来，我们最少要损失一万美元。”斯威夫特先生看上去绝望极了，他蓦地站起来，开始快速地来回走动。

再见“乐天哈利”

汤姆焦躁地看着爸爸，他知道损失非常巨大，一直在心里责怪自己怎么不再小心一点儿。

“告诉我是怎么回事，汤姆。”过了一会儿，斯威夫特先生开口说，“你确定模型和文件都被偷走了吗？到底是怎么回事？”

于是，汤姆把所有的事情都说了一遍。

“噢，实在是太可怕了！”斯威夫特先生说，“你伤得重吗，汤姆？要不要找个医生过来看看？”比起所受的损失，斯威夫特先生更关心自己儿子的身体。

“不用了，爸爸，我现在没什么事了。我的头是被重重地打了一下，不过布莱克福德夫人已经帮我敷过药了。爸爸，我觉得好内疚，我实在是太对不起……”

“别这么说，以后再也不要说这样的话了。”斯威夫特先生打断他说，“这根本不是你的错，换成是我，事情也会发展成这样的。我敢说一定会，因为那些人都是不择手段的恶棍，他们不顾一切想要挽回损失，为了抢走我的专利他们什么事都做得出来。现在他们大概已经开始用我的模型和文件了。”

“他们会怎么做呢，爸爸？”

“只要根据我的发动机模型做一个差不多的，他们就能达到目的。我还没有申请好专利，根本没办法起诉他们。对了，最好尽快让克罗弗德先生知道这件事。”

“你有办法阻止他们吗，爸爸？申请一份禁止令可以吗？”

“不知道，我得立刻去见克罗弗德先生。不知道他能不能到这里来，或许他能给我一点儿建议。法律方面的事我知道得太少了，但我必须采取行动。现在最宝贵的就是时间，我们得争分夺秒才行。你知道偷走东西的是哪些人吗？”

“车子从我身旁开过去的时候，我曾仔细看过车上的一个人，我很肯定他就是那个蓄着小胡子、不小心掉了一封电报的人。袭击我的人我自然没见到，但我想他应该是那帮人中的一个。”

“应该是的。好吧，汤姆，我得马上行动起来，先给克罗弗德先生发封电报，他还在奥尔巴尼等着见你呢。”斯威夫特先生若有所思地停顿了一会儿，“不，我知道了！”他突然大声说，“我要亲自到奥尔巴尼去！”

“爸爸，你要到奥尔巴尼去？”

“是的，我应该把所有情况都详详细细地跟律师讲讲，他才好给我建议。幸好你拿走的那些文件我还存有复印件，可以拿去给他看看。当然，原件是最重要的，还有模型，缺了那些东西事情肯定很棘手，我也只能看克罗弗德先生有没有什么建议了。我连夜搭火车过去，汤姆，你就留在家里处理事情吧。你还是要小心些，不过我想，那些人已经拿到了他们想要的东西，恐怕不会再来烦我们了。”

“应该不会来了。”汤姆认同地说道，“但我一刻也不会放松警惕的。噢，我想起来了，爸爸，我离开以后，你有没有在附近见到一个流浪汉？”

“流浪汉？没有。不过你最好问问伯格特夫人，她一向比较留意，总是很好心地送些饭菜给他们。”

他们问了管家伯格特夫人，但伯格特夫人说最近几天根本没见过什么流浪汉。

“你为什么这么问呢，汤姆？”斯威夫特先生问道。

“因为我在路上遇到了一个流浪汉，我相信他跟偷我东西的那帮人是一伙的。”接着，汤姆说起在路上遇到“乐天哈利”的事情，说那人最后扯断了他的摩托车电线。

“你这次出去可真是险象环生，要是我知道一路上这么危险，绝不会让你送模型到奥尔巴尼。”斯威夫特先生说。

“我最后也没把模型送到奥尔巴尼呀。“汤姆咧着嘴说——他是一个很喜欢开玩笑的人。

“我收拾行李去了。伯格特夫人，今天我们早点吃晚餐，晚上我要去奥尔巴尼。”

“我真想跟你一起去，爸爸，我想弥补自己造成的损失。”汤姆说。

“别再这样说了，那根本不是你的错。我很想出去走一趟，总比待在家里胡思乱想要强得多。”

斯威夫特先生走了以后，汤姆感到十分孤单。他给自己列了一大堆计划，好让自己在爸爸离开的这段时间有事可做。他先绕着家和工厂巡视了一圈，看看门窗是不是都关好了。

“出什么事了？有人来偷东西吗，汤姆少爷？”老工程师盖热特·杰克逊问道。

“没准儿会有的，盖热特。”汤姆答道。他把自己的经历和斯威夫特先生不得不到奥尔巴尼去的事说了一遍。

“那些贼大概觉得，从我这里偷东西是一件很容易的事，说不定他们会再来一次。要是他们把爸爸的其他模型也偷走就糟了，我绝不能再冒险了。”

“你说得没错，汤姆少爷。不管有没有必要，今晚我都会在锅炉房好好守着。你爸爸跟我说过，他走了以后所有机器都不用开。不过锅炉房的事我熟得很，只要手边有根管子，我就能给那些贼送上最‘热情’的欢迎。我倒很希望他们来，这样我就可以跟他们面对面地较量一下！”

“我可不希望他们来，盖热特。嗯，我觉得应该不会有什么问题。今天晚上要是你听到什么不同寻常的声音，或者感觉有什么不对劲的地方，就立刻来找我。”

“我会的，汤姆少爷。”老工程师杰克逊说。他住在一间跟锅炉房连通的房间里，汤姆走了以后，他就把门都锁好了。

接着，汤姆开始更换上次临时买来安装在摩托车上的电线，那根线也能用，但总归不是太好。接好电线后，他研究起自己准备申请专利的小艇螺旋桨来，一直到他觉得累了。上床睡觉前他又在房间里巡视，第二遍检查时，伯格特夫人忍不住叫道：“好了，汤姆，别再走了！你这样走来走去弄得我心慌意乱。我敢发誓我今天晚上肯定睡不着觉，那些贼啊，流浪汉啊，一晚上都得在我脑子里打转。”

汤姆笑着回到自己的房间，坐下来给他认识的一个女孩写信。无论他自己有多少工作要做，或是要帮爸爸做多少事情，他总喜欢给自己留一些放松的时间。不一会儿，他的上下眼皮决定无论如何不再分开，于是他重重地一头倒在床上。

醒来时，他以为已是清晨。他是被一个声音突然吵醒的，一开始不知道声音是从哪里来的，但他久经训练的耳朵很快就分辨出那声音来自餐厅。

“肯定是伯格特夫人在准备早餐，这些声音是她摆弄碗盘发出的，但她为什么要起这么早呢？”汤姆想。

汤姆的房间很黑，只有一抹淡淡的新月微光，这微光让汤姆一下子坐起来。他看着表小声说：“两点钟，肯定不是伯格特夫人，除非她生病了起来找药吃。”

他聚精会神地听着楼下餐厅传来的声音，发觉那声音来自一些鬼鬼祟祟的举动。“伯格特夫人弄出的声音肯定不是这样，只有小偷才会这么偷偷摸摸。没错，就是一个小偷，肯定是那帮人中的一个！”他紧张地说，“我要过去抓住他！”

他飞快地穿上衣服，轻轻开了自己房间的灯，在墙角拿了一支小号步枪，他非常肯定步枪早已上好了膛。接着，他拿了一个小手电筒，然后蹑手蹑脚地下了楼。

下楼时，汤姆可以越来越清晰地听到闯入者弄出的动静。

现在，那贼已从餐厅走到了斯威夫特先生的书房。

“他去找爸爸的文件了！”汤姆想，“不知道这是他们中的哪一个？”

汤姆经常去树林里打猎，深知该如何行动才不会被察觉。他小心翼翼地来到餐厅门口，根本不需要手电筒，他就能轻而易举地看到对方，因为对方大概经常干这种事儿，手里拿着个一模一样的小手电筒。窃贼在保险柜前忙碌着，斯威夫特先生在那个保险柜里存放了一些十分重要的文件。

汤姆轻柔、缓慢地举起步枪对准窃贼。枪很轻，他一只手就可以举起，然后他用另一只手举起手电筒，这样他自己就完全置身于黑暗之中，而对方却会被亮光笼罩。他按下开关，电筒光立刻向窃贼射去，汤姆目不转睛地盯着那个跪在保险柜前的男人。

“应该到此为止了！”汤姆从容不迫地说。

窃贼立刻转过身来，汤姆一眼就认了出来，是他在路上遇到的那个流浪汉“乐天哈利”。

再度出发

汤姆做好了扣动扳机的准备，但他更多的只是将其作为一种威吓，不到自己的生命受到威胁时，他是不会轻易开枪的。但只是这把枪就足以起到威吓作用了。窃贼一动不动地蹲着，他已经关掉了手电筒，不过汤姆凭借自己手电筒的亮光看到对方手里拿着一些企图撬开保险柜的工具。

“我看你已经抓到我了！”闯入者说。他的声音一点儿也没有先前假扮流浪汉时带有的那种口音。

“看样子是的。”汤姆冷冰冰地说，“你现在是什么造型，流浪汉吗？还是别的什么？”

“你看不出来吗？”对方绷着脸说。汤姆看到那人仍然是一身流浪汉打扮。

“你想要什么？”汤姆问道。

“我哪里知道！”窃贼平静地说，“保险柜还没打开你就

来了。不管怎么说，我当然是为钱来的啦。”

“不，你不是！”汤姆反驳道。

“那是为什么？”对方惊讶地问。

“你不是为钱来的。”汤姆拿着枪说，“你是来找发动机模型和专利文件的。不过那些东西已经不在了，都被你的同伙偷走了。他们大概还没有告诉你，所以你才会闯进来吧。你不会拿到那些东西了，但是我却会抓住你！”

“我想是的！”“乐天哈利”承认道，“如果你不介意，能不能把枪稍微挪开一丁点儿，就这么指着我的头，我真怕它会走火。”

“不会走火，只会开火，很快就会！”汤姆严肃地说。流浪汉听到后吃了一惊，不由得更警惕了。“哦，我不是要向你开火。”汤姆补充道，“我只是要放一枪来报信，工程师听到枪声就会过来把你绑起来，然后我会把你交给警察。这支步枪上一次子弹就可以连放好几枪，而且我的枪法很准。我现在先开一枪报信，要是你逃跑，我会立刻开第二枪，那一枪恐怕会让你很不舒服。我已经抓到你了，在模型和文件找回来之前，你就蹲在监狱里吧！”

“哦，是这样吗？”流浪汉平静地说，“好吧，你想做什么就做吧，我的确已经输了。我不该到这里来的，但还是想来碰碰运气。”

“你到底是什么人？跟你一起想抢走我爸爸专利的又是些什么人？”汤姆恨恨地问。

“我不会告诉你的。我只是收别人的钱，帮别人办事而已。我是不会出卖我的同伴的。”

“那就等着瞧吧！”汤姆大声说。他突然注意到流浪汉背后的餐厅里有扇窗户是开着的，显然他刚才是从那里进来的，现在也想从那里逃出去。

“我要开枪了！”汤姆把枪对准那扇开着的窗户，扣动扳机，子弹飞了出去，没有造成任何破坏。他看到窃贼匍匐在地板上，但并未在意，他觉得对方可能是害怕自己被子弹打中。

震耳欲聋的枪声响起，一阵浓烟遮挡了汤姆的视线。回声渐息，汤姆听到伯格特夫人在她的卧室里惊声尖叫。

汤姆喊道：“没事了！谁也没有受伤，伯格特夫人！”然后，他把手电筒的光移向流浪汉原先蹲伏的位置。烟雾已散，汤姆却怎么也找不到那个窃贼了，“乐天哈利”已经跑了！

因为担心对方突然从某个角落里跳出来偷袭自己，汤姆举着步枪一边往前走，一边晃着手电筒环顾四周。然而这担心完全是多余的，“乐天哈利”显然已经跑了。趁着枪声响起、烟雾弥漫的当口，他从那扇开着的窗子跳了出去。汤姆注意到屋里警报器的电线已经被剪断了，他来到窗边向外眺望，依稀听到有人快速奔跑的声音。他向天开了一枪后喊道：“站住！”

“好了，汤姆少爷，我来了！”杰克逊在他的房里喊道，“你受伤了吗？伯格特夫人被杀了吗？我听到她惨叫了一声。”

“她当然没有被杀。”汤姆笑着说。

“你受伤了吗？”杰克逊又问。

“没有，我什么事都没有。”汤姆说，“你来的时候有没有看到什么人跑过去？”

“没有，汤姆少爷，发生什么事了？”

“有贼溜进来了。我用枪指着他，但他还是趁我开枪向你报信的时候跑掉了。”

这时，杰克逊已经跑到了那扇开着的窗子旁，汤姆开了侧门让他进来。他们开了灯，扫视着屋里的情况。除了尚未被撬开的保险柜，其他东西都没有被动过。

汤姆对杰克逊讲述了整件事情的经过，然后他说：“幸好他弄出的动静吵醒了我。要是我刚才站在那扇窗子前挡住他就好了，他就不可能逃走了。”

“他可能会伤害你的。”杰克逊说，“不如我们现在出去看看……”

“有人死了吗？你们都被杀了吗？”伯格特夫人在餐厅门口惊慌地问，“要是有人受伤我可不敢进来，看到血我会崩溃的！”

“没人受伤。”汤姆笑出了声，“快进来吧，伯格特夫人。”

顶着一头发卷的伯格特夫人走了进来，惊叫道：“噢，我的天哪！听到大炮的声音，我还以为房子要塌了呢，怎么可能没有人受伤？”

“哪儿有什么大炮，只是我的小步枪罢了。”接下来，汤姆又把刚才发生的事情对管家夫人说了一遍。

“我们再出去找找看吧！”杰克逊建议道，“也许他没有跑远，还躲在附近准备再回来，说不定还有同伙帮他放风。”

“应该不会了。”汤姆说，“他肯定早就跑远了，要是有同伙的话，应该也跟他一起跑了。不过我想，出去巡视一下总是没有坏处的。”

他们搜查了一圈，当然什么都没有搜到。大家又各自回屋睡觉，然而谁也没有睡好。

第二天一早，汤姆就到肖普顿警局报了案。几个警员到他们家看了看，可是除了检查一下那扇窗子以及在花园里找到几个窃贼留下的脚印外，他们没有什么发现，也无法展开进一步的行动。汤姆想骑着摩托车四处转转，看是不是能找到什么线索，可是他想爸爸不在家，最好还是不要到处乱跑，他要好好守着那些模型和文件，绝不能再让任何人偷去。

“应该不会有什么人来偷东西了。”汤姆对老工程师说，“那些家伙已经拿到了他们想要的东西，应该不会再来烦我们了。不过我一定会帮爸爸把那个模型找回来的。如果他们利用那些资料申请专利，就算爸爸能证明那些资料原本属于自己，肯定也要花很多的时间和精力去打官司，最后恐怕还是要败诉的，毕竟在诉讼中占上风的还是持有者。”

于是，汤姆留在家里研究自己的新发明。下午他收到了一封爸爸发来的电报，说自己已经安全抵达奥尔巴尼，晚上就会回来。

晚上，不习惯出远门的斯威夫特先生疲惫不堪地回家了。汤姆问：“怎么样，爸爸，有什么好消息吗？”

“基本没有，汤姆。克罗弗德先生回华盛顿去了，他会想尽办法阻止他们剽窃我的发明。”

“你有没有发现那些贼的踪影？克罗弗德先生能找到他

们吗？”

“没有，克罗弗德先生也没办法。他说那些贼应该会躲一阵子，等风头过去后他们就会拿我的模型去申请专利。”

“那你能不能再做个模型去申请专利呢？”

“不行，这在法律上是很难通过的，何况那些人手里还有我需要的原始文件。而且我大概要花一年时间才能做出一个运行无碍的发动机模型，这东西是很复杂的。汤姆，我的心血都被人夺走了，那群流氓抢走了我们的劳动成果。”

“噢，我想不会的，爸爸，我敢肯定那帮家伙会被抓住的！现在你回来了，我打算自己出去转转，完全靠警察可不行。不管怎么说，爸爸，毕竟是我弄丢了你的模型和文件，我一定会把它们找回来的，我……”

“不，别认为这是你的错，汤姆，”爸爸说，“这不是你能控制的。但我很欣赏你打算找回模型的决心。”

“我一定会去找的，爸爸，我明天就开始找。我打算先在附近一两百公里的地方转一转，骑着我的摩托车可以很轻松地跑完这些地方，就算见不到偷我东西的那三个人，说不定会找到‘乐天哈利’。”

“那可不好说，儿子，不过你还是去试试吧。我要给克罗弗德先生写封信，告诉他昨天晚上有人来偷东西的事，看是不是能给他提供一点儿线索。汤姆，昨天晚上你还是挺危险的。”

“我没想那么多，爸爸，我想的全是如何把那个坏蛋送进监狱。”

第二天，汤姆骑着摩托车出了门，他打算晚上在外面过夜。他先去了达卡克村，布莱克福德一家住在那里。

巧得线索

看到汤姆，布莱克福德一家非常高兴。副治安长杰德说，汤姆走了以后，他一直在进行调查，也看到了很多红色的汽车，但都不是他们要找的那辆车。

离开达卡克村，汤姆回到那条从波普威尔到申彻弗德的公路，询问了一些住在那座教堂旁的村民，看他们有没有注意到什么。那地方的人住得非常分散，他们都表示没有见到盗贼的踪迹。

接着，汤姆又骑车去了那条黄沙小道，就是他遇到流浪汉“乐天哈利”的那条路。那附近住的人比教堂边住的人还要少，他在那里也没发现任何线索。晚上，他在村子里的小旅馆住了下来，打算第二天一早继续搜寻，却还是什么都没有找到。那几个人仿佛完全消失了，一点儿踪影也没留下。

“我还是先回家去吧。”汤姆一边骑着摩托车在乡间大道

上飞驰，一边想，“爸爸肯定会很担心的，说不定肖普顿已经发生了什么事，我可以回去找找线索。要是没什么特别的事情发生，我就再往另一个方向找找。”

肖普顿没有任何特别的事情发生。汤姆发现爸爸根本没什么心思工作，因为他为了这些事情烦心不已。

两周过去了，汤姆已经骑车去了家附近的很多地方，但一直没有任何发现，华盛顿的律师们也没有再发来什么能宽慰他们的消息。只有克罗弗德先生写了一封信，说还没有什么人提交申请专利的文件，这或多或少地让斯威夫特先生感到些许安慰。但是对如何夺回自己的发明，他仍然无计可施，只能静候对方下一步的行动。

一天晚上，汤姆大概是第二十次和爸爸谈及这些事，他大声说：“爸爸，我打算从明天开始实施一项新计划！”

“什么计划？”他爸爸问道。

“嗯，我打算骑车出去一周左右。我要去一些小城镇，但不打算再询问那里的居民或路人有没有看到那个流浪汉或他的同伙。我要到当地警局去，问问他们最近有没有逮捕流浪汉，要是有的话，我会请求他们让我跟那个罪犯见见面。”

“这样有什么用呢？”

“我是这样想的：那个人虽然不是真正的流浪汉，但他肯定经常装扮成流浪汉，说不定有别的流浪汉认识他。他说他叫‘乐天哈利’，这个名字很特别，他这个‘流浪汉’也很特别，我想认识他的流浪汉肯定会对他印象深刻，我可以问问他们最后一次见到他的时间和情形。我打算往这个方向查一查。”

“嗯，这计划挺不错的。”斯威夫特先生赞同地说，“反正现在也没有别的办法，不如就这样试试看吧，被关在监狱里的流浪汉想必都很乐意开口。就这么办吧，汤姆，不过你一定要小心，千万不要冒险。你打算去多久？”

“我也不确定，大概一个星期吧，也可能更久一些。我打算多带点儿钱，晚上就找个旅馆过夜。”

汤姆一点儿也没耽搁，第二天一早，他把几件衣服放在一个手提包里，又把提包捆在摩托车后座上，跟爸爸道了个别就动身出发了。他找了三天，却一无所获。他在乡村监狱里见到了好几个流浪汉，都是因为乞讨或在街上闲逛而被捕的。那些人都不认识“乐天哈利”，听了他的描述以后，他们表示听都没听说过这样一个人。

“他绝对不是我们中的一员，这一点没什么好怀疑的。”其中一个人说，“打扮成流浪汉在公路旁闲逛？这样的事恐怕只会出现在侦探小说里吧！这是真实的生活，我们是真正的流浪汉，但我们从没有听说过‘乐天哈利’。事实上，‘乐天’这个词跟我们八竿子也打不着——在这样一个夏天，关在这样一所监狱里，你叫我们怎么乐天？”

大多数时候，汤姆发现那些流浪汉很愿意回答自己的问题，当然也有一些人阴沉沉的，除了咆哮着吼上几句，他们什么也不愿意说。

“我看我还是放弃这个想法，干脆回家算了。”一天晚上汤姆这样想。不过肖普顿附近还有一个叫密得顿的小镇他没去过，他打算回去之前再去那个地方试着找一下。第二天早上他去那里的警局询问情况，可是他们说最近一个月根本没有任何流浪汉被捕，也没有人见过“乐天哈利”和那辆车里

的三个人。

汤姆感到有些绝望。在一条穿过小树林的清幽小路上，汤姆开始思考新的计划。原本路上只有低沉的摩托车声，突然一阵响亮的说话声在他耳畔响起，那声音他十分熟悉。

“好了，飞镖，拖下去是没有用的，早晚你都得干完这些活儿。你必须把这些木头都锯了，这就是你该干的活。只有干完这些活我们才能活得下去，你总不能不管你的好朋友伊瑞德卡特吧？你不把这些木头锯了，叫我们怎么过下去？你听懂了吗？好了，赶紧开始干活吧！”

汤姆熄掉引擎，从摩托车上跳了下来。他听到自己左手边的林子里响起了飞镖抗议的叫声。

“是飞镖和伊瑞德卡特·桑普森！”汤姆惊讶地说，“他们在这里做什么？”

他把摩托车停靠在栅栏旁，然后朝声音来源处走去。他在一小块空地上看见了他们，伊瑞德卡特·桑普森站在一台便携式锯木机旁，那头骡子站在锯木机的踏板上。骡子耷拉着耳朵，一副怒气冲冲的样子。

“怎么了，卡特，你在这儿干什么？”汤姆喊道。

“天哪，小斯威夫特先生，见到你实在是太高兴了！你最近好吗？小斯威夫特先生，我正在锯木头呢，讨生活呗！可是飞镖一点儿也不想干活！”伊瑞德卡特很不高兴地看着他的骡子说。

“这是怎么回事？怎么你又有了一台锯木机？”汤姆问道。

“让我跟你说，斯威夫特先生，让我来跟你说。在这根木头上坐下来吧，让我来慢慢地跟你说。”伊瑞德卡特说。

“上次我见到你，你还拿着除草机说要除草呢！”汤姆说。

“是啊，先生，你的记性可真好。上次我是这么打算的，可是今年草长得不大好，于是我换掉了那台除草机，买下了这台锯木机。可是飞镖根本不听我的，现在我麻烦大了！”伊瑞德卡特火冒三丈地望向他的骡子。

“把所有的事都跟我说一遍。”汤姆同情地催促道，他对这个黑人的印象一直很好。

“好的。”伊瑞德卡特说，“我原本打算靠除草机挣点钱，特别是你帮我把除草机修好以后，可是今年根本没人需要除草，我一点儿活也接不到。不管飞镖的脾气再怎么倔，我们俩还是要吃东西才能活下去啊，所以我必须得找活干。我用那台除草机换了一把锯子，可是用锯子锯木头实在是太吃力了，正好有人便宜卖这台锯木机，我就把它买了下来。”

伊瑞德卡特说，他是从一个说自己已经不需要再用这台锯木机的人那里买下这台机器的，还说他费了九牛二虎之力才把这台锯木机运到他们现在所在的这个地方。他获准在这一小块地方锯木头，把锯好的木头整齐地垒放起来。一开始，他是用锯子锯的。那时他干得很好，锯了很多木头，因为他是一个非常踏实肯干的人。但是自从弄来了这台锯木机，他就遇到了大麻烦。

“我觉得飞镖肯定会帮我的，它只需要站在这块踏板上走就行了，锯木机就会转起来把木头锯断。可飞镖根本动也不愿意动一下，我用尽所有的办法也没能让它动一下。我好声好气地说服它，扯着嗓子吼它，用棍子打它，轻轻地抚摸它，可是不管怎么样它就是不愿意动一下。我给它吃胡萝卜，给它吃白砂糖，我不给它吃东西让它饿得前胸贴后背，可是无论如何它就是不愿意动一下。我已经在这里费了三天三夜的劲，却连一根木头也没有锯断过。让我到这里来干活的人已经气坏了，他说如果我再不赶紧把木头锯出来，他就要换个人合作了。斯威夫特先生，所以你说我是不是遇上了大麻烦？”

“这麻烦的确不小。”汤姆说，“飞镖怎么会这么固执呢？通常一匹马或一头骡子站在踏板上就会踩踏，不管它们乐不乐意。如果它们不动起来让脚下的踏板滑开，就会撞到挡板上去。”

“没错，不过飞镖不是撞到挡板上，而是背倚着挡板站在那里一动不动。”

汤姆走过去看了看那台锯木机。锯木机已经很旧了，一看就知道已经用了很多年，但天天跟机器打交道的汤姆一眼就看出这台锯木机还是可以用的。飞镖望向汤姆，仿佛知道一件不同寻常的事情就要发生了。

“我花了一大笔钱买下这台锯木机，却一根木头也没有锯断过。要不是因为我心太软，早就狠狠地教训这头懒骡子了！”伊瑞德卡特说。

汤姆什么也没说，俯下身子去看锯木机的各个部件，然后他突然问道：“卡特，你有没有把这台机器拆开重新组装过？”

“我？这怎么可能呢？斯威夫特先生，我肯定不会这么做的，机器的事我一点儿也不懂，这台机器我买来时是什么样子现在就是什么样子。卖给我的人说他一直用这台机器锯木头，不过他是让一匹马去干的。都怪这倔强的飞镖，要是我……”

“不，这根本不是骡子的错，是锯木机坏了，踏板被卡住了，不能动。应该在你买来之前就坏了，所以你要费九牛二虎之力才能把它拉过来。不过别担心，我很快就能帮你修好，等我去拿一些工具过来。”

汤姆取来了放在摩托车上的工具包，埋头修了起来。不一会儿，飞镖开始慢慢走起来，渐渐地它越走越快，最后啪嗒啪嗒地跑了起来。

“天哪，我的天！飞镖跑起来了！”看到自己原本一动不动的骡子居然撒开腿在踏板上奔跑，伊瑞德卡特不禁欣喜若狂地喊了起来，“可是锯子没有动啊。斯威夫特先生，你修东西实在是太在行了，不过我看这台机器坏得太厉害，肯定锯不了木头了。噢，我真是倒霉到家了！”

“别胡说八道了！”汤姆说，“这台机器很快就可以用，只要我把它打开就可以了。你看这儿，卡特，锯木头时你只需要把这个把手往前推，就能让齿轮啮合在一起。”

“捏合在一起？”伊瑞德卡特不解地问。

“啮合，不是捏合。我的意思就是他们会咬合起来，你看。”汤姆推下控制杆，锯木机立刻迅速地转了起来。

“太好了！它动起来了！这真是太棒了！你看，它转得可真快！”伊瑞德卡特眉开眼笑地将一根木头放上去，那根木头一下子就被锯开了。

“天哪！”伊瑞德卡特嚷道，“我得救了！噢，斯威夫特先生，太感谢你了，你又创造了一个奇迹！”

“我来教你这台机器怎么用。如果你想让飞镖停下来，就拉这个把手，这样踏板就会锁住，飞镖就动不了了。”汤姆一边说，一边做，锯木机果然停了下来。“你想锯木头的时候，就把它推下去。”汤姆将把手往下推，飞镖又跑了起来。接着，汤姆教卡特如何取下锯刀，如何将锯刀安装上去。很快卡特就学会了，他忙忙碌碌地把要锯的木头放上去，再把锯好的木头堆叠起来。

“你应该再找一个人来帮你，卡特。”汤姆看了一会儿后说，“那样肯定更快，你可以多锯一些木头。”

“你说得对，斯威夫特先生，我也想过找人一起干，但根本找不到。我问过好些黑人，但他们更愿意做些粉刷或打扫的工作，我看我只能靠自己了。昨天我还问了一个白人，但他说他根本不愿意工作。那个流浪汉居然还找我要钱——我？一个每天忙着填饱肚子的黑人！他居然找我要钱！”

“你没给他吧？希望你没有给他。”

“当然没有，不过当时他靠得好近，我真怕他过来抢，所以我一直握着一根木棍。他看上去可怕极了，还一直哈哈哈地笑，好像很开心似的。”

“你说什么？”卡特的话让汤姆震惊地问，“他是不是留着浓密的棕色络腮胡？”

“是的。”伊瑞德卡特暂时停下手头的工作说，“他绝对是一个很奇怪的流浪汉。他的手一看就知道根本没做过事，有根手指上还有个奇怪的蓝圈，那个蓝色的圈可不寻常，就像嵌进他的皮肤里似的，我曾见过马戏团里有个人的手指也是那么花里胡哨的。”

汤姆不由得跳了起来，他急不可耐地问：“他那个蓝色的圈文在哪根手指上？”

“让我想想……是在右手上，哦不，是在左手小拇指上。”

“你确定吗，卡特？”

“非常确定，斯威夫特先生，我记得很清楚，因为他那只手里拿了一根棍子。”

“肯定是我要找的‘乐天哈利’！”汤姆大声说道，“卡特，跟你分开以后，他往哪边走了？”

黑人说：“他往湖那边去了。他问我那里是不是有个没人住的旧宅子，我说是的，然后他就走了，我心里立刻松了一口气。”

“什么旧宅子啊，卡特？”

“那宅子已经很旧了，打仗前哈克尼斯将军住在那儿，现在已经很多年没人住了。里面或许住了一些流浪汉吧，像昨天那个流浪汉不就打算到那里去。”

“那幢旧宅子在哪儿呢，卡特？”汤姆高兴地问。

“在卡罗帕湖的上游。打仗前我曾在那里干过活，那已经是很久以前的事了，当时里面住的都是锦衣玉食的上等人。斯威夫特先生，你很想找我昨天见到的那个人吗？”

“是的，卡特，我非常非常想找到他，他就是我一直要找的人，只是这件事你千万不要告诉任何人。我打算去那座宅子看看，说不定会在那里找到‘乐天哈利’和抢我东西的那些人。谢谢你，卡特，你可帮了我大忙了，这条线索太有用了。你遇到的流浪汉居然就是我要找的人，这真是太神奇了！”

“噢，该说谢谢的人是我才对，斯威夫特先生，谢谢你帮我修好了锯木机。”

“比起你提供的信息，我帮你的忙简直算不了什么。嗯，我先回家去告诉爸爸，然后再到那里去。噢，卡特，你说你昨天见过‘乐天哈利’？太好了，我终于找到他了！”

既高兴又惊讶的黑人还一头雾水地愣在原地，汤姆已经跨上了摩托车，朝着家的方向飞驰而去。

追踪之旅

“爸爸，我找到线索了！”黄昏前汤姆急匆匆地冲进家里喊道，他一口气从与伊瑞德卡特分别的地方骑回了家，“这条线索太有用了，我打算明天一早就去追查。”

“别急，汤姆。”爸爸不紧不慢地说，“你要知道一急起来事情就容易出错，太过兴奋可不是好事。”

“可是爸爸，我没办法不兴奋。我们终于找到那些歹徒的踪迹了，我简直恨不得今晚就出发。”

“先跟我说说是怎么回事。”斯威夫特先生放下手头正在看的科学图书说道。

汤姆立刻把自己遇到黑人伊瑞德卡特的事说了一遍。

“那个流浪汉未必就是你要找的‘乐天哈利’！”爸爸打断他说，“流浪汉都不喜欢工作，也都爱整天嘻嘻哈哈的，他们当然见人就会要钱，手上有刺青也是很常见的事。”

“嗯，但我很肯定他就是我要找的人。他肯定是在等他的同伙，所以才会在那附近闲逛。而且我觉得那幢废弃的宅子就是那帮小偷碰头的地方。”

“这些都是你想出来的，汤姆。”

“我可不这么认为，爸爸。我是在推测，虽然这推测不一定正确，但也不是毫无根据的。不管怎么说，如果你同意的话，我就要去看一看。”

“你打算怎么做呢？”

“我想到废弃的宅子那儿去看看能不能找到那些贼，如

果我……”

“那会很危险的。”

“这么说你相信我的推断没错了，爸爸？”

“那倒不是。”斯威夫特先生笑着把汤姆踢过来的“球”扔了回去，“我只是说那里面可能住了一大帮流浪汉，而且是很有可能。废弃的宅子总是流浪汉们的集散地，但那里未必有你想找的人。事实上，我觉得基本上不可能是你要找的人。想抢我专利的都是很有钱的人，怎么可能住在破屋里？”

“但是他们雇佣来的流氓却有可能，通过那些流氓我或许能把主使他们的人找出来。”

“嗯，你这么说也有点儿道理。”斯威夫特先生承认道。

“那么我可以去吗，爸爸？”

“你去试试看吧，要找回丢了的模型和文件，所有线索我们都不能放过。不过你一定要小心，千万不要冒险。要不找一个人跟你一起去吧，你那个朋友，奈德·牛顿怎么样？或许他愿意去。”

“不，我宁愿自己去，爸爸，我会很小心的。再说了，奈德在银行上班，肯定抽不开身。我大概要去一个星期，而且他也没有摩托车。我自己能行的！”第二天清晨，汤姆骑着摩托车出发了。他认真计划过，觉得自己不能直接从离宅子最近的派福德村过去。“那些人躲在那里，肯定会盯着附近的村子，要是有人骑着摩托车进村，他们一得到消息肯定就会跑掉的。我得换条路线，最好是绕到那座宅子北面的树林里，再穿过树林到达那里。”

他曾问过伊瑞德卡特那一带的地形，所以很清楚那边的情况。他知道宅子的北面是一大片树林，其余几面是开阔的空地。

“我不能骑着摩托车穿过树林，但要把摩托车停在离我尽可能近的地方。等我弄清那些人是不是在那里，再来做下一步的计划。”

根据计划，汤姆选择了一条十分迂回的路线，所以他大概要花一整天时间才能到达卡罗帕湖的上游。卡罗帕湖是一个非常大的湖，汤姆还从未去过湖的上游。

在距离派福德村仅有几公里的地方，汤姆绕进了一条岔路。这时，他摩托车的一个轮胎漏气了，修好以后，又发现车子的电池出了一点儿问题，他不得不到八公里外的地方去买新电池。所以当他骑到那片树林附近时，天已经快黑了。

“连夜穿过这片树林肯定不成。”汤姆想，“我最好找一个地方过夜，明天早上再出发。可是我到哪里去找地方过夜呢？”

那地方非常荒僻，他骑了一两公里也没看见村舍。他又骑了一会儿，天已经完全黑了，正当他打算原路返回至最近的一个村子时，突然看到路边有座石板搭的小屋。

汤姆咕哝道：“总比什么都没找到强多了。我去问问看，说不定屋主会同意让我在里面住一夜的。”

那里住了一个以卖炭为生的老人家，很快就同意让汤姆住上一晚。屋里环境很差，但汤姆并不介意，即便是在那么一个陌生的地方，他依然睡得很好。第二天早上，他吃了顿简单的早餐，又向老人家打听了穿过森林的捷径。

老人对他说：“你最好从树林里的那条老路直接穿过去，

就能走到湖边了，湖边应该有路到你要去的地方，那幢老宅子离湖挺近的。”

汤姆向老人道谢后就上了路。他一边骑车，一边想：“离湖挺近的？那我得好好想想，到时候是沿湖边过去还是从树林里过去……”

他发现自己很快就已经骑到了林子里的那条老路上，那里离那座旧宅子挺近的，他怕摩托车的声音被人听见，干脆熄掉引擎用手推着车前进。他推得十分吃力，感觉疲惫极了，却还是坚持不懈地往前走。中午时分，他惊喜地看到树丛尽头是一片波光粼粼的湖面。

“是那个湖！”汤姆不禁叫出声来，“我就快到了！”

汤姆把车藏在一片浓密的灌木丛里，然后穿过灌木丛来到了卡罗帕湖的湖畔。汤姆欣赏着自己投映在湖水里的倒影，倒影非常清晰，还被阳光镀上了一层闪耀的光泽。接着，他抬起头来遥望湖岸，树丛后的一根烟囱吸引了他的视线。他沿着湖边往前走了一小段路，突然看到森林里隐隐约约有座大宅子。然而不需要再看第二眼就能看出，那是一座宛若废墟的旧宅，一看就知道已经很多年没人住了，大概只有森林里的动物们会到那里去吧。

“是不是我要找的那座宅子呢？”汤姆小声说，这里太静了，静得让他有些紧张，“肯定是的，这宅子跟卡特描述的一模一样。”

他站在那里静静看着，炽热的阳光照射着大地，浓密的树木枝叶却将那座宅子依然笼罩在树荫里。突然，他听到一阵摩托艇的突突声，于是转头一看，发现附近有一个他刚才并未留意的小船坞，一艘小艇正在船坞旁的湖面上行驶。看到艇上的人，他差点儿叫出声来：“这就是翻过栅栏逃走的那个人！”

独自行动

汤姆在那个人注意到自己前赶紧缩回灌木丛里躲好。他感到既紧张又兴奋，都不知道接下来该怎么做了，只知道一定要藏好，绝不能让艇上的人看到自己，不能让那帮人知道他已经来了。他躲在灌木丛里小心翼翼地凝望，看到那人驾着小艇在湖面上疾驰。“他没有看见我，幸好我先看到他了。可是接下来我该怎么办？”

这个问题实在太难回答了，要是他可以跟人商量一下就好了，但现在他只能自己做决定。汤姆是个足智多谋的少年，有很多次他都凭借自己的智慧渡过了难关。然而这一次实在是太凶险了，只要出一丁点儿的差错就会让整个计划毁于一旦。

他在心里思索着：“这座房子肯定就是他们碰头的地方，艇上的这个人就是偷我东西的那伙人中的一个。接下来，我要去看看其他人是不是也在这幢老宅里，再看看爸爸的模型和文件是不是也在这里。要是在的话，我就想办法把我们的东西拿回来。当然，肯定很难。”

汤姆心里很清楚，他是在跟穷凶极恶的歹徒打交道，他们为了利益什么事都做得出来。但他们还是低估了汤姆，没想到这个羽翼未丰的少年居然能找过来。

“我最好还是计划一下，给要做的事情列一下步骤。爸爸总说步骤是非常重要的，我应该认认真真地考虑清楚每一步该怎么做。让我来想想，首先该怎么做呢？”

汤姆想了一会儿，把所有情况都考虑了一番，然后他在心里盘算道：“首先我要去看看那些人是不是在那幢屋子里。我得先靠近那幢屋子才能从窗口偷窥到里面的情况，那么，应该怎么靠近那幢屋子呢？”

他详尽地把可能出现的问题都想了一遍。“我不能沿着湖边走过去，那里有一个船坞，就会有船开来开去，也会有路通往那座宅子，那么路上随时都会有人出现，那艘小艇也有可能突然返回来。不，我不能冒这个险，不能走湖边的路，还是从树林里走过去比较好，这样保险一点儿。等我到那座房子的周围，再考虑接下来的问题。爸爸不是常说：‘饭要一口口地吃，事情也得一件件地做。’噢，可怜的爸爸，我真想帮他把模型和文件找回来。”

汤姆坐在灌木丛里的一根圆木上思考了很久，最后他终于站了起来。他感到有些眩晕，一开始不明白是怎么回事，接着他想起自己还没吃午餐呢。

“现在肯定不可能去找什么吃的，在我到达那座宅子前都不可能，之后大概也不可能，晚餐在哪儿我也不知道呢。现在情况紧急，没时间考虑吃饭的事了，还是赶紧做我该做的事情吧。”

汤姆悄无声息地向前走去。他经常打猎，深知在树林里行动时不弄出任何声响是非常重要的。汤姆面前并没有通往那座宅子的道路，他只能朝那幢荒宅缓慢地移动。

他不断地停下脚步倾听周围的动静，听到的却只是林子里各种动物发出的声音：鸟、松鼠，还有兔子。他走了半个小时，却并未走多远，不过那座旧宅对他来说已经近在咫尺，只要再穿过一小片灌木丛就到了。宅子被繁茂的树木、野草和荆棘包围着，他几乎看不到宅子前的路，原本美轮美奂的豪宅如今几乎变成了废墟。

“我要偷偷溜过去，从窗口看看里面的情形。”汤姆想。他正准备挪动，又突然停了下来。他听到宅子的一角有动静，过了一会儿，一个男人出现在他的视线里，汤姆一眼就认出这是坐在汽车上的那三个人中的一个。汤姆立刻蹲了下来，藏匿在灌木丛里。他的心怦怦直跳，他简直担心会被那人听见。那人朝汤姆这边看了一眼，但他显然没有看到汤姆，甚至一点儿疑心也没起，没过来认真察看，而是朝另一边走了过去。汤姆躲了几分钟，正当他打算再度前进时，那人又出现了，汤姆立刻明白了是怎么一回事：“他在放哨！这样的话，我根本不可能接近这座宅子。”

那一刻，汤姆感到有些失望，他无法完成原定计划了。现在，他不得不改变自己的计划。

“必须等天完全黑了再偷偷溜过去，只有天完全黑下来我才可能不被守卫发现。就是在这里等着实在太没意思了，还没

东西吃。可是有什么办法呢？我必须这么做。”

于是他悄然无声地躲在灌木丛里。那人一圈又一圈地绕着宅子巡视，汤姆发现有时候他绕一圈的时间特别长，或许是走进宅子和同伴们商量事情了。

“要是我知道里面是什么情形就好了！”汤姆想，“也许那些人并未把文件和模型放在这里。不过，如果东西不在这里，他们为什么要待在这座旧宅子里？我必须过去看看。噢，真希望天快点儿暗下来。”

汤姆简直疑心太阳是不是要把天空霸占着，永远也不再让位给黑夜了，不过慢慢地他还是发现所有的影子越拉越长，越拉越长，最后完全被夜色吞噬了。汤姆等了一会儿，想看看守卫是不是还在巡逻，但没有再看到，大概那人已经回屋了。汤姆注意到大宅底层的一个窗口透出了摇曳的微光。

“我的机会来了！”汤姆蹑手蹑脚地朝那个位置挪动，每走几步他就会停下来听听动静，但都没有听到什么特别的声音，这才渐渐放下心来。他离那座房子越来越近，最后感觉窗口的光已经照到了自己的脸庞上。怕被人看见，他赶紧溜到墙角，再慢慢向窗口挪去。站在窗下，他发现自己的高度不够，看不到屋里的情形，直到他站到了一块大石头上。

听着屋里嗡嗡的低语声，汤姆一点点地直起自己的身子。他的头顶已经到了窗棂的位置，再抬高一点儿，他就能看到屋里的情形了。他屏住呼吸让视线越过窗棂，看到的东西惊得他差点儿跌坐在地上。

那天坐在车里的三个人此刻正围在一张大桌子旁，不过放在桌子上的东西比那三个人更吸引汤姆的眼球。没错，桌子上放着被他们偷去的模型，其中一个人的手里还拿着一大沓文件，应该就是被他们偷去的文件。毫无疑问，这就是汤姆爸爸的涡轮发动机模型和文件，他终于在这个隐蔽的地方找到了这群恶贼。接着，他看到那些人从桌子下面拿出一个盒子，他们把模型放进去，又把那叠文件也放了进去，再将盒盖盖上，还用钉子钉了起来。最后他们开始低声商讨。

根据他们的动作，汤姆看出他们正在商量要把那个盒子藏在哪儿。其中一个人朝湖那边指了指，另一个人朝汤姆来时经过的那片树林指去。为了听清他们的说话声，汤姆挪动了一下，不料脚底一滑，弄出一丝轻微的声响。那些人立刻循声望向窗口，好在汤姆已经及时地伏下身子。

没过多久，他突然听到背后的树林里似乎有人正在向自己靠近，伴着一阵急促的脚步声，他听到有人喊道："你在干什么？快离开这里！"汤姆慌忙转身就逃，那人则跟在他身后追赶起来。

意外之援

汤姆冲进树林，刚才的偷窥让他适应了亮光的双眼在黑暗的树林里什么也看不见。他使劲地跑着，却重重地撞在一棵树上，还弹回了几步。顾不上处理瘀伤，他又继续跑起来，幸运的是他似乎跑到了一条被牛踏出来的小径上，没有再撞到大树了。慢慢地他恢复了视力，依稀能看清周围的树木，这让他怦怦直跳的心渐渐平静下来。跑了几分钟后，他停下了脚步。

他气喘吁吁地低声说："肯定是……艇上的……那个……人又回来了！他看到我了，不知道有没有追过来……"

汤姆侧耳细听，除了树林里的小动物发出来的声音，再没有别的声音了。那人只追了一小会儿就停下了，不过说不定过一会儿他还会追上来。汤姆觉得危机没有完全解除，于是又继续跑起来。

"我现在到底在哪儿？我的摩托车又在什么位置？我现在

该怎么办？”他自言自语道。

这似乎是三个无法解决的问题。想着想着，汤姆停下了脚步。

“我得好好想想，把思路理清楚。今天晚上，他们应该不可能在树林里找到我，除非他们有猎犬，不过看情形他们没有，那么我基本上是安全的。但这又有什么用呢？我根本不敢再回到那幢房子了，就算我敢回去，说不定也找不到那幢房子了。就算我能找到，那些人也已经有所戒备，只会让自己身处险境罢了。我真担心他们以为是警察在追查，于是带着模型和文件逃之夭夭，那样的话，我再想找到他们就难了，说不定永远也找不到了，那可真是糟透了。现在他们就在我周围，我却什么也做不了。唉，要是有人帮帮我就好了，可以让他在这里盯着那帮人，而我就可以跑去找警察了。现在我以一敌三，哦不，是以一敌四，艇上的那个人也回来了。噢，让我来好好想一想，我该怎么办呢……”

突然间他想到了一个计划，自言自语道：“湖边！我应该到湖边去守着！如果他们想跑，比起冒险穿过树林，他们更可能选择搭乘那艘小艇，所以我要到那儿去守着。要是他们打算乘船离开，我就大声叫喊，让他们以为有很多警察，说不定他们会往回跑，或是把那个装着文件和模型的箱子扔掉。如果是那样就太好了，抓不抓得着他们我无所谓，只要能拿回爸爸的东西就行。”

想到这里，他感到不再慌乱，信心也渐渐回来了。

“首先我得找到那个湖所在的方位。嗯，我刚才几乎是径直跑过来的，现在转过身，朝偏左一点儿的方向往前跑，应该就能跑到湖边了。我试试看吧！”

这件事并不像汤姆想的那么容易，有好几次他都被异常浓密的灌木丛挡住了去路，但他仍想方设法走出来了。他欣喜若狂地发现自己已经跑出了树林，来到了湖畔。他一边小心翼翼地听着周围的动静，一边沿着湖边朝荒宅的方向走去。那个窗口依然有灯光摇曳，于是汤姆推断刚才并未让他们受惊逃跑。

“不如我偷偷到船坞那儿去解开拴小艇的绳子，让小艇漂走，这样他们想走的时候就走不了了。对，就这么做！我要去解开他们拴小艇的绳子，让他们无法坐船跑掉！”

他小心翼翼地往前走，尽量让自己隐蔽在灌木丛里，因为他担心附近有人监视。他很安全地来到了拴着那艘小艇的船坞旁，就在即将解开那根拴着小艇的绳子时，一个新的想法占据了他的脑海。

“何必让这艘小艇漂走？这么好的一艘艇，就这样漂走

实在是太可惜了。再说我晚上可以在上面休息，总比待在荒郊野外舒服多了。我就在船上，等天亮了再去找人帮忙，或许这艘艇也会派上用场。他们偷了我爸爸的模型，我就偷走他们的小艇。”

他轻手轻脚地上了船，不敢开动发动机，只能用一根木棍轻轻地划，将船划到离船坞有一段距离的地方。

他把船拖上岸，藏在湖畔的峭壁下，那里垂着浓密的藤蔓植物，从外面根本看不出里面藏着一艘小艇。接着，他在小船

柔软的长椅上躺下来，又拉了块帆布当被盖，打算下半夜就这么过了。

“现在他们只有穿过树林才能走了，我觉得他们肯定不会这么做。躺在这儿可比睡在树下好太多了，幸好我想到了这个办法！”

虽说“床”不算太糟，但他还是辗转反侧，难以入眠。终于他浅浅地睡着了，但睡得极不安，而且只睡了一小会儿就惊醒过来，害怕那些人已经跑了。他坐起来听了一会儿，并没有听到他们的动静。他觉得天似乎永远不会再亮，黎明也似乎永远不会再来，但璀璨的星光还是渐渐暗淡下来，天空也披上了一层薄薄的白纱。汤姆坐起来揉揉眼睛，然后舒展了一下自己僵硬的四肢。

他开口道：“噢，来杯热咖啡就好了！但这是不可能的，除非我把那些家伙送到他们该去的地方。现在的问题是，该怎么找人帮我抓住他们呢？”

那一刻他完全忘掉了饥饿。他下了船，小心翼翼地朝灌木丛走去。在灌木丛里躲好后，他回头看了一眼，船被藏得很好，完全看不出来。

“我要回到我的摩托车那儿，然后骑车去找人帮忙。也许我可以让那个卖炭的老人家帮我去找人，我再回来盯着这些人，这应该是最好的办法了。我应该在这儿盯着的，要是这些人带着模型跑了怎么办？我一点儿也不想离开，可是没办法，必须去找人帮忙。要是我听从爸爸的建议，带个人跟我一起来就好了。现在这样想已经太晚了，算了，我这就走吧。”

汤姆又朝着藏摩托艇的地方看了一眼，那的确是一艘很好的小艇，要是那艘小艇属于他就好了。他走进树林，凭借指南针的帮助很快就找到了自己的摩托车。车没人动过，仍好端端地藏在灌木丛里。他回望了一眼隐匿在林子尽头的废宅，那里安宁得似乎没有任何人存在。

“但愿那些人不会走！”汤姆感觉自己根本没法将这些不安抛之脑后。他推着车走到那条老路上，跨上摩托车朝那座石板小屋疾驰。不一会儿，他就到了。他走过去，敲了敲门，可是没人回应。他轻轻地推开门，屋里没有人，他原本想让老人家帮自己去找人的希望也落空了。

“我的运气实在是太糟了！”他咕哝道，“不过我可以在这里找点儿吃的。噢，我都快饿死了！”

他在厨房里煮了点儿咖啡，还煎了培根和鸡蛋。吃饱以后，他顿时感觉精神了许多。他在桌上留了一些钱，然后就出门了。

在门口，他听到一阵凶恶的狗叫声，不禁惊声道："一只狗！这儿居然还有狗！"

他惊愕地循声望去，一只恶狠狠的斗牛梗正围着他的摩托车嗅来嗅去。汤姆朝它喊道："好狗狗，快过来！"然而那只狗并没有跑过去，只是龇着牙朝汤姆低声咆哮。

汤姆想："不知道狗的主人在不在附近？这只狗守在那里，我怎么敢过去骑我的摩托车呢？"

汤姆继续对狗说话，但那狗依然龇着牙向他咆哮。突然，那只狗猛地扑了过来，汤姆立刻跑回屋里，砰的一声把门关上了。

"噢，还有更糟的事情吗？"汤姆忍不住抱怨道，"我急着要走，却被门口的恶狗拦在屋里。真不知道它还要在门口守多久……"

汤姆走到窗前向外望去，但什么人都没有看到。汤姆想，这只狗一定是自己跑到这儿来的。它看上去似乎很饿，汤姆立刻想到了一个好主意："我找点儿东西给它吃，转移它的注意力，然后再伺机逃跑。"

他在小屋里找了找，找到了一些屋主人吃剩的鸡肉和扔掉的鸡骨头。他捡起一根鸡骨朝那只斗牛梗扔去，斗牛梗犹疑了一下便张大嘴嚼了起来。汤姆看到后想："它饿得可不轻，我觉得它肯定很想啃我的腿，不过它没那个机会，我不会给它机会的！”

屋后面有个小棚子，棚子的门是开着的。汤姆把一根骨头扔到棚外，接着又往棚里扔了一根骨头。斗牛梗吃完第一根骨头后，又冲进棚里去吃第二根。

“就现在了！”汤姆对自己说。他悄无声息地跑向自己的摩托车，飞快地把摩托车推到路上。就在他发动引擎的一刹那，那只狗从棚里跑了出来，凶神恶煞地对他狂吠。

“已经晚了！”汤姆一边说，一边驾着摩托车扬尘而去。那段路的路况不大好，汤姆不得不把注意力都集中在驾驶摩托车上。

没多久，路就好了起来。汤姆想：“我要去最近的那个村子。那可远着呢，说不定等我回去，那帮歹徒就已经跑了。可是没别的办法了，我一个人根本不可能与他们抗衡，卖炭的那个老人家也不知道什么时候才会回来。除了骑快一点儿，我也没有别的办法了。”

来到大路上，汤姆把引擎开到最大一路飞驰。转弯时，他突然听到汽车的喇叭声，那一刻他的心顿时沉了下去。

“是那帮贼吗？难道他们打算驾车离开了？”他一边减慢速度，一边小声说。

接着，他听到汽车停了下来，然后是一阵说话声，那声音让他惊讶不已。

车里的人嚷道：“主啊，请保佑我的眼镜吧！到底是怎么回事？我以为买了这辆汽车就能享受人生了，可这辆车也跟那辆摩托车一样糟！主啊，保佑保佑我吧，到底出什么事了？”

“达蒙先生！”汤姆惊叫道。这就是把摩托车卖给他的那个人。

一辆大大的敞篷车出现在汤姆面前，汤姆一眼就认出了坐在车上的达蒙先生。除他以外，车上还有三位风度翩翩的绅士。

“噢，达蒙先生！”汤姆叫道，“你愿意帮我一个忙吗？帮我抓一群小偷，他们偷走了我爸爸要申请专利的模型。现在，他们就藏在林子里的一幢废宅里。你愿意帮帮我吗，达蒙先生？”

“噢，天哪，请保佑我的领结吧！”古怪的达蒙先生吃惊地说，“是我们的小发明家汤姆·斯威夫特啊！见到你实在是太开心了，喔，还有我的摩托车！愿不愿意帮你的忙？我当然愿意啦！主啊，请保佑我的皮鞋吧！我们当然愿意帮你！”

失而复得

汤姆把自己的事情说了一遍，达蒙先生也给车里的朋友们简单讲了讲他跟小发明家汤姆的相识过程。

最后，汤姆问道："究竟是怎么回事？你怎么敢开车？我以为你再也不会信赖任何烧汽油的机器了，达蒙先生。"

"我是这么想的，汤姆，一直都是这么想的，不过医生坚持说我应该多出去呼吸新鲜空气。走，我是走不动的；跑，我就更跑不了。所以除了汽车我也别无选择，反正摩托车我是绝不敢再骑的，我一直担心卖给你的那辆摩托车已经把你给害死了。不过汽车也好不到哪里去，昨天这辆车子还跑得挺顺利的，可是今天我跟一帮朋友出来，车子就又出问题了。主啊，请保佑我的肝儿吧！我简直是这世上最倒霉的人了！"

汤姆检查了一下，发现是点火装置出了问题，他很快就将其修好了。接着，他们小声商讨起来。

“那帮歹徒现在还在那儿吗？”达蒙先生问道。

“但愿还在。”汤姆答道。

“我也希望他们还在，我要狠狠地教训他们一顿！咱们走吧，绅士们，现在就走。你要坐我的车吗，汤姆？还是要骑那辆危险的摩托车？”

“我还是骑我的摩托车吧，达蒙先生，我可以很轻松地跟着你们。”

“好吧，那我们就出发吧！到了那座宅子附近，我们就兵分两路，一组人下到湖畔，另一组人从树林接近那座大宅。接着，我们就把他们全都抓起来，最好那个流浪汉也跟他们在一起。”达蒙先生说。

“我看他应该不在那儿。”汤姆说。

不一会儿，摩托车和汽车已经开到了树林边。他们把车停好后就下车开始步行了。汤姆有一把左轮手枪，达蒙先生的一个朋友也有一把小手枪，不过那手枪实在太小，除了吓唬吓唬狗，恐怕也没有别的用处了。汤姆把自己的左轮手枪拿给他们的其中一位，他自己则去找了一根结实的木棍，其他没有武器的人看到他这么做也都纷纷效仿。

“棍棒最适合我了！机械产品对我而言都不可信，不过汤姆·斯威夫特跟我完全相反。”达蒙先生对他的朋友们说。

他们在距离那座房子不远的地方停了下来。屋子里似乎什么人都没有，汤姆担心他们已经跑了，但现在根本看不出任何蛛丝马迹，只有走到那座房子旁，他们才会知道歹徒到底跑没跑。达蒙先生的两个朋友朝湖边走去，以防歹徒从那边逃跑。汤姆、达蒙先生和他的另一个朋友在树林边等着。那两位到达湖边后会用左轮手枪鸣枪报信，到时汤姆他们就可以冲进屋里抓人了。

汤姆他们小心翼翼地朝那座房子逼近，在距离那幢房子最近的一片灌木丛里躲起来，等待枪响。他们小声地交谈着，汤姆详细交代了几件自己跟那帮贼打交道的事情。

静谧之中，他们突然听到有人在灌木丛里窸窸窣窣走动的声音。

“主啊，请保佑我的吉他吧！有人走过来了！”达蒙先生用低沉的声音小声说道，“会不会是曼森和德怀特回来了呢？”他说的是那两个去往湖畔的朋友。

“也有可能是那些家伙要跑了！”本森先生建议道，“我们先看清楚到底是什么人。”

那人走了过来，一边走，一边哼着歌。汤姆惊讶地想：“我敢打赌这是‘乐天哈利’，那个流浪汉，我听得出他的声音！”躲在灌木丛里的汤姆极其小心地向外窥望。

“他是什么人？”达蒙先生小声问。

“是‘乐天哈利’！”汤姆说，“可以把他们一网打尽了！他到那幢房子里去了。”

他们盯着“乐天哈利”，而“乐天哈利”完全没察觉到躲在灌木丛里的几个人。这时，那座宅子的大门被打开了，一个人走了出来，汤姆认出是安森·莫尔斯，那个把电报遗落在他家后院的人。

开门的人问道："噢，伯克，是不是你开走了那艘摩托艇？"

"摩托艇？没有啊。"流浪汉答道，"我刚到这儿呢。我最近可不怎么走运，到斯威夫特家去找东西，差点儿被那个男孩给抓住。那艘艇不见了吗？"

"是的。艾普森昨晚回来的时候看到有人在窗口偷窥，我们还以为是附近的村民呢，赶走他以后我们也没有再追。今天早上摩托艇又不见了，我想是不是你恶作剧地把它藏起来了。"

"乐天哈利"大声说："当然不是！这肯定有问题！我们得赶紧离开这儿，我想是警察追来了，那个小斯威夫特可不容易对付。我们赶紧跑吧，村民才不会到窗口来偷窥呢！快叫上其他人，叫他们拿好东西，我们马上离开这里。"

"东西还在！"汤姆小声说，"太好了！"

达蒙先生说："不知道曼森和德怀特到湖边了没有？他们应该已经……"

枪声突然响起。流浪汉朝枪声响起的地方瞟了一眼准备进屋，屋里的人却都跑了出来。

"是谁开的枪？"莫尔斯问道。

"快点儿，汤姆！我们的朋友准备好了！"达蒙先生喊道，他拿起木棍冲了出去，汤姆和本森先生也跟着跑了出去。

他们跑到宅子前的空地上，这时听到他们的朋友曼森先生和德怀特先生也从湖畔跑了过来。

“乐天哈利”喊道：“我们要被抓了！”

他冲进屋子，那三个人则开始往外跑，其中一个人的手里拿着一个盒子。

“就是那个盒子，模型和文件都在盒子里，千万别让他们拿着盒子跑掉了！”汤姆喊道。

歹徒们都被拦了下来，他们惊讶地看到一把上好膛的枪正指着他们。达蒙先生举起木棍喝道：“投降！快投降！我们已经抓到你们了！谢天谢地，你们已经被捕了！快投降吧！”

“你说得没错！”安森·莫尔斯说，“他们抓住我们了，伙伴们！”

抱着盒子的人突然向树林跑去，不过汤姆一直注意着他。汤姆冲过去揪住了他背上的衣服，他们俩都倒在了地上。最后，汤姆站了起来，他的手里拿着那个盒子。

“我拿到了！我拿到了！我拿回爸爸的模型了！”汤姆欣喜若狂地喊着。

先前抱盒子的人飞快地站起来，在大家还没来得及拦他之前，就像一支标枪似的扎向了树林。

“快追啊，抓住他！主啊，请保佑我的帽带吧！快去拦住

他！”达蒙先生喊道。

他的朋友们立刻追赶那人，却把其他歹徒忘在了脑后。那些人立刻抓住机会，消失在浓密的树林深处。追逐者最后都跑了回来，谁也没有追上最先跑进树林里的那个人。

“噢，他们都跑掉了！”达蒙先生懊恼地说，“我们来想办法追踪他们。对，我们要组成一支搜查队，把他们都找出来。”他很想继续追下去，但被他的同伴们劝阻了。汤姆已经拿到了想要的东西，他知道爸爸肯定也对能否惩处这些窃贼持无所谓的态度。他打开盒子，看到模型和文件都完好无损地放在盒子里。

“让他们跑吧！我看以后我们也不会再见到他们了。”汤姆提议道，达蒙先生这才心有不甘地放弃了自己的计划。不过汤姆说错了，那帮歹徒还会给他和他的爸爸增添不少麻烦，但那就是另一些故事了。在那些故事里，汤姆会遇到更加惊险的事情，差点儿撞上汤姆的安迪·福格也将再度登场。

“现在，”达蒙先生在确定无人受伤，汤姆的东西也都失而复得后说，“我看你肯定急着回家吧，汤姆，你要不要坐我的车？只要主保佑我的火花塞，我肯定能把你安全地送回家！”

汤姆礼貌地拒绝了他的好意，然后把模型和文件绑在摩托车后座，动身前往肖普顿了。出了林子，他来到第一个小镇上，立刻打电话给爸爸报告了这个好消息。当天下午，他就安全地到家了，斯威夫特先生和伯格特夫人都高兴极了。

发明家斯威夫特先生很快申请到了专利，他控告不了那些不择手段的坏人，也控告不了斯米克·凯奇公司的无良律师们，偷东西的恶贼们也都躲了起来。

几天后的一个晚上，斯威夫特先生对汤姆说：“你的摩托车帮了我们大忙，要不是它，我们肯定找不回模型，也申请不了专利。”

小发明家赞同地说：“没错，摩托车方便又好用，还有摩托艇。要是我也有一艘摩托艇就好了，我想那些人肯定不会回去找那艘摩托艇的。我已经把那艘摩托艇交给当地政府了，他们答应代为保管一段时间。”最后，汤姆总结道：“从达蒙先生那里买来的这辆摩托车的确太棒了，给我带来了不少险象环生的冒险经历！”对此我想读者们或许也深有同感吧！

图书在版编目（CIP）数据

汤姆·斯威夫特和他的摩托车 / (美) 维克多·阿普尔顿著；蔡雯婷译；王一竹绘. —济南：山东文艺出版社，2017.12

ISBN 978-7-5329-5582-4

Ⅰ.①汤… Ⅱ.①维… ②蔡… ③王… Ⅲ.①儿童故事—美国—现代 Ⅳ.①I712.85

中国版本图书馆CIP数据核字（2017）第240653号

汤姆·斯威夫特和他的摩托车

【美】维克多·阿普尔顿 著　蔡雯婷 译　王一竹 绘

主管单位 山东出版传媒股份有限公司
出版发行 山东文艺出版社
社　　址 山东省济南市英雄山路189号
邮　　编 250002
网　　址 www.sdwypress.com

读者服务 0531—82098776（总编室）
0531—82098775（市场营销部）
电子邮箱 sdwy@sdpress.com.cn

印　　刷 三河市兴达印务有限公司
开　　本 880mm × 1230mm　1/32
印　　张 6.5
字　　数 115千
版　　次 2017年12月第1版
印　　次 2017年12月第1次印刷
书　　号 ISBN 978-7-5329-5582-4
定　　价 32.00元